Mary Elizabeth Braddon

Raubvögel

Roman - 3. Band

Mary Elizabeth Braddon

Raubvögel
Roman - 3. Band

ISBN/EAN: 9783743641839

Hergestellt in Europa, USA, Kanada, Australien, Japan

Cover: Foto ©Andreas Hilbeck / pixelio.de

Weitere Bücher finden Sie auf **www.hansebooks.com**

Raubvögel.

Roman

von

M. E. Braddon.

Verf. von: „Lady Audley's Geheimniß" — „Henry Dunbar" etc.

Aus dem Englischen übersetzt

von

Aug. Kretzschmar.

Dritter Band.

Berlin,

Verlag von Otto Janke.

Fünftes Buch.

Reliquien.

———

Erstes Capitel.

Das verrätherische Löschblatt.

Zu einer frühen Stunde desselben Tages, an welchem Valentin Hawkehurst an seinen Auftraggeber telegraphirte, erschien Philipp Sheldon wieder an der Thür des kleinen Bureaus in Gray's Inn.

Die Thür ward von einem etwas unsaubern Knaben geöffnet, und Mr. Sheldon der Aeltere, der in einem Zustande von chronischer Hast lebte und fast die Hälfte seines Lebensweges per Droschke zurücklegte, erfuhr jetzt zu seinem, wie es schien, nicht geringen Aerger, daß sein Bruder ausgegangen war.

„Ausgegangen?" wiederholte er, „er ist jetzt ja fast nie anzutreffen. Wo kann ich ihn finden?"

Der Knabe antwortete, sein Herr werde in einer halben Stunde wieder da sein, und Mr. Sheldon möchte daher die Güte haben, zu warten.

1 *

„Warten soll ich?" rief der Börsenspeculant; „dazu habe ich keine Zeit. Wo ist Dein Herr hin?"

„Ich glaube, er ist nicht weiter gegangen als bis Holborn, Sir," entgegnete der Knabe ein wenig zögernd.

Er wußte recht wohl, daß Georg Geheimnisse vor seinem Bruder hatte und daß es für ihn nicht gerathen war, in seinen Mittheilungen an den älteren Herrn allzu redselig zu sein. Gleichwohl aber flößten ihm die schwarzen Augen und die weißen Zähne des Börsenspeculanten auch Schrecken ein, und wenn es Philipp beliebte, ihn auszufragen, so mußte er nothwendig die Wahrheit antworten, da ihm sein Herr für den Fall einer solchen Befragung keine plausible Lüge einstudirt hatte.

„Nach welchem Theile von Holborn?" fragte Philipp kurz und scharf.

„Ich glaube, nach dem Telegraphenbureau."

„Gut," sagte Mr. Sheldon und eilte dann die Treppe hinunter, während der auf der Schwelle der Thür stehende Knabe ihm mit verwunderten Augen nachgaffte.

Das Telegraphenbureau bedeutete Geschäfte, und jedes Geschäft seines Bruders war gerade zu dieser Zeit für Mr. Philipp Sheldon von Interesse. Er hatte über die Bedeutung von Georg's triumphirendem Lächeln in der abgeschlossenen Ruhe seines eigenen

Bureaus nachgedacht, und je länger er darüber nach=
gedacht, desto tiefer war in ihm die Ueberzeugung ge=
wurzelt, daß sein Bruder mit einem sehr schlau an=
gelegten und sehr gewinnbringenden Project umgehe,
dessen nähere Beschaffenheit er durchaus ermitteln
mußte.

Von dieser Idee erfüllt, kehrte Mr. Sheldon nach
der Droschke zurück, die am Ausgange von Warwick
Court auf ihn wartete, und fuhr nun nach dem Tele=
graphenbureau. Der ostensible Beweggrund seines
Besuchs in Gray's Inn war ein hinreichender Vor=
wand dafür, daß er seinen Bruder aufsuchte.

Als das Rad der Droschke den Prellstein vor
dem Telegraphenbureau streifte, verschwand Georg
Sheldon's Gestalt in einem kleinen Durchgang links
von dem Bureau. Anstatt aber die verschwindende Ge=
stalt zu verfolgen, ging Philipp Sheldon stracks in
das Bureau hinein.

Es war leer. Es war Niemand in irgend einem
der dunkeln Gemächer, die aussahen wie die Woh=
nungen armer Leute, welchen von hartherzigen Gläu=
bigern so ziemlich alle Möbels abgepfändet worden
sind. Ein Klappern und Pochen in einem inneren Ge=
mach verrieth die Nähe eines Officianten, in dem
Bureau selbst aber war Mr. Philipp Sheldon allein.

Auf der Schreibunterlage, die auf dem Tisch der

Centralabtheilung lag, gewahrte der Börsenspeculant
einen großen, noch feuchten Dintenklecks.

Philipp legte die Spitze seines breiten Zeigefingers
darauf, um sich von dieser Thatsache zu überzeugen,
und begann dann die Löschblattunterlage näher in
Augenschein zu nehmen. Er war ein Mann, welcher
selten zögerte. Seine glücklichsten Coups auf dem
Geldmarkte waren größtentheils das Resultat so rasch
entschlossener Handlungsweise gewesen.

Gegenwärtig setzte er sich schnell in den Besitz
des Löschpapiers und betrachtete die darauf abgedrückte
undeutliche Schrift so kalt und ruhig, als ob er in
seinem eigenen Bureau gesessen und die Zeitung gelesen hätte.

Auf diese Weise erlangte er Kenntniß von dem
ganzen Aufschluß, den die Löschblattunterlage ihm
geben konnte, ehe noch der Officiant aus dem inneren
Gemach trat, aus welchem sich das Klappern und
Pochen hören ließ.

„Das dachte ich mir!" murmelte der Börsenspeculant, als er Spuren von der großen, gespreizten
Handschrift seines Bruders auf dem Löschblatt erkannte.
Das Telegramm war mit schwerer Hand und einem
breitgeschnittenen weichen Kiel geschrieben worden
und hatte auf der Unterlage einen ziemlich deutlichen
Abdruck zurückgelassen.

Hier und da traten die Worte keck und klar hervor, andere Stellen dagegen zeigten blos einen einzigen erkennbaren Buchstaben unter allerhand unvollkommenen Hieroglyphen.

Mr. Philipp Sheldon war an das Entziffern sehr unleserlicher Documente gewöhnt, und diese Uebung kam ihm hier zu statten. Wenn er auch nicht das Ganze entziffern konnte, so brachte er doch so viel heraus, als ihm für seinen Zweck genügte. In Folge dieses Telegramms sollte einem Mann Namens Goodge für gewisse Briefe Geld angeboten werden.

Philipp kannte die Angelegenheiten seines Bruders genau genug, um zu wissen, daß diese Briefe, für welche Geld geboten ward, nothwendig Briefe sein mußten, die für die Ermittelung eines rechtmäßigen Erben von Wichtigkeit waren.

In soweit war Alles klar und einfach. Ueber diesen Punkt hinaus aber wußte er nicht, woran er sich zu halten hätte. Wo war dieser Goodge zu finden und wer war die Person, die ihm Geld für diese Briefe bieten sollte? Die Namen und die Adresse, welche zuerst geschrieben worden, hatten auf der Löschpapierunterlage gar keine oder wenigstens eine so schwache Spur zurückgelassen, daß sie für praktische Zwecke nicht zu verwenden war.

Mr. Sheldon legte die Schreibunterlage wieder auf den Tisch und dachte nach, als plötzlich das Klappern und Hämmern aufhörte und der Officiant aus dem inneren Gemach heraustrat.

„O," rief er, „es ist Alles in Ordnung; Ihre Depesche wird sofort abgehen."

Der Börsenspeculant, dessen Gesicht halb von dem Telegraphisten abgewendet war und der zwischen dem Officianten und dem durch die geöffnete Thür hereinfallenden Licht stand, begriff sofort den obwaltenden Irrthum. Der Telegraphist sah ihn für seinen Bruder an.

„Ich weiß nicht, ob ich die Adresse richtig geschrieben habe," sagte er rasch, immer noch mit abgewendetem Gesicht und während er, wie es schien, seine Aufmerksamkeit einem Papier widmete, welches er in der Hand hielt. „Wollen Sie vielleicht gefälligst noch einmal nachsehen, wie ich geschrieben habe?"

Der Telegraphist zog sich zurück und kam wenige Minuten darauf mit der Depesche in der Hand wieder heraus.

„Georg Sheldon an Valentin Hawkehurst im Gasthof zum Schwarzen Schwan zu Ullerton," las er laut vor.

„Dann ist's doch richtig; ich danke," rief der Börsenspeculant.

Er warf nur noch einen kurzen Blick auf den Telegraphisten, der jetzt erst einen Unterschied in der Stimme und Person des Fragers von dem schwarz-

bärtigen Mann wahrzunehmen schien, welcher vor
wenigen Minuten das Bureau verlassen hatte.

Philipp Sheldon fand es nicht gerathen, sich von
dem Telegraphisten noch länger betrachten zu lassen,
sondern rannte fort, sprang in seine Droschke und
rief dem Kutscher zu:

„Literarisches Institut, Burtonstreet, so schnell
Ihr fahren könnt."

„Ich werde mein Glück in der zweiten Colonne
der „Times" versuchen," sagte er bei sich selbst. „Wenn
Georg's Project das ist, wofür ich es halte, so werde
ich dort einigen Aufschluß erlangen."

Indem er dies sagte, zog er ein kleines Notizbuch
aus der Tasche und sah nach, was er in der ver=
gangenen Woche eingetragen hatte. Unter diesen schnell
mit Bleistift hingeworfenen Notizen oder mit Dinte
geschriebenen Bemerkungen und Adressen fand er fol=
gende Notiz:

„Haygarth — ab intestato. G. S. Nach=
zusehen."

„Das ist es!" rief er. „Haygarth — ab intestato;
Valentin Hawkehurst ist nicht in Dorking, sondern ar=
beitet für meinen Bruder --- George — Briefe zu
frankiren. Es ist gerade wie mit den Stücken Mo=
saik, welche Alterthumsforscher hier und da in Ruinen
finden, eine Handvoll bunter Brocken, die wie Keh=
richt aussehen und gleichwohl zu einem vollkommen

geometrischen Muster zusammengesetzt werden können
Ich werde in dem literarischen Institut den betreffen=
den Jahrgang der Times hernehmen und diesen Hay=
garth ausfindig machen, wenn er überhaupt ausfindig
zu machen ist."

Das literarische Institut in Burtonstreet war ein
etwas rußiger, den Interessen der Wissenschaft und
Literatur gewidmeter Tempel, nicht weit von einigen
Bädern, die unter den Bewohnern von Bloomsbury
sehr beliebt waren.

Leute, welche die Bäder suchten, gingen sehr leicht
aus Irrthum die classische Treppe hinauf, welche nach
dem Institut führte, während sie doch nach einer be=
scheideneren Schwelle hätten hinabsteigen sollen, welche
neben dem ersten lauerte.

Die Bäder und das Leseinstitut waren Mr. Shel=
don noch aus der Prüfungszeit bekannt, welche er in
Fitzgeorgestreet verlebt hatte. Er kannte den Biblio=
thekar genau genug, um ungefragt ein und aus gehen
und von dem Lesezimmer beliebigen Gebrauch machen
zu können.

Heute ging er hinein, verlangte die letzten ge=
bundenen Jahrgänge der Times sowie die letzten noch
ungebundenen Nummern zu sehen und begann dann
rückwärts blätternd seine Nachforschung.

So rasch und gewandt er auch die riesigen Blätter
umwendete, so dauerte die Nachsuchung doch beinahe

drei Viertelstunden. Nach Verlauf dieser Zeit aber
stieß er plötzlich auf die im März des vergangenen
Jahres veröffentlichte Bekanntmachung.

Als er dieselbe las, gab er einen ganz leisen, pfei=
fenden Ton von sich und murmelte:

„John Haygarth! — Hunderttausend Pfund!"

Das Vermögen also, zu welchem ein Erbe fehlte,
belief sich auf hunderttausend Pfund! Mr. Shelbon
kannte commerzielle Despoten, die ihren Reichthum
nach Millionen zählten und deren Wort die Börsen
von Europa beherrschte, nichtsdestoweniger aber schie=
nen ihm auch schon hunderttausend Pfund etwas sehr
Nettes zu sein, und er war bereit, den Preis streitig
zu machen, den sein Bruder, wie dessen triumphiren=
des Lächeln verrathen, schon halb errungen zu haben
glaubte.

„Er hat mich nicht zum Gehülfen haben wollen,"
dachte er, indem er, nachdem er von der Bekannt=
machung eine Abschrift genommen, nach seiner Droschke
zurückkehrte, „nun soll er mich zum G e g n e r haben."

„Omegastreet, Chelsea!" rief er dem Kutscher
zu und hatte die Grenzen von Bloomsbury bald
hinter sich.

Als er mit der Durchsicht der Zeitungen fertig
war, hatte es seit zehn Minuten Mittag geschlagen,
und zehn Minuten später hielt er vor dem Logis=
hause in Omegastreet, wo er den Capitän Paget,

dessen Geschäft um diese Zeit ein wenig still ging, zu Hause antraf.

Mit diesem Gentleman hatte er eine lange Unterredung, und das Ergebniß derselben bestand darin, daß der Capitän mit dem Zwei-Uhr-Eilzuge nach Ullerton abreiste.

Auf diese Weise kam es, daß Valentin Hawkehurst und sein Gönner einander auf dem Perron der Eisenbahnstation in Ullerton begegneten.

———

Zweites Capitel.

Valentin citirt die Geister der Vergangenheit.

———

7. October, Mitternacht. Ich war so glücklich, heute Morgen sehr bald nach Beendigung meiner Nachforschungen in der Sakristei von Spotswold fort= zukommen, und um fünf Uhr Nachmittags sah ich mich wieder in den Gassen von Ullerton.

Während der Rückfahrt dachte ich ernstlich über das unerwartete Erscheinen des Capitän Paget in dem Hauptquartier dieser Haygarth'schen Erörterungen nach, und je reiflicher ich diese Thatsache überlegte, desto mehr fühlte ich mich geneigt, in Bezug auf die Beweggründe meines Gönners Argwohn zu fassen und seine Einmischung zu fürchten. Kann seine Anwesen= heit in Ullerton in Zusammenhang mit dem Geschäft stehen, welches mich hierher geführt hat?

Das ist die Frage, welche ich mir während meiner

Reise von Spotswold wohl hundertmal vorlegte und
die ich auch jetzt noch fortwährend an mich richte.

Ich zweifle nicht, daß ich mir ganz unnöthige Unruhe mache, aber ich kenne die macchiavellistische Ge-
wandtheit dieses alten Mannes nur zu genau und bin
geneigt, Alles, was er thut, mit Mißtrauen zu betrachten.

Mein erstes Geschäft nach meiner Rückkehr in
dieses Haus war, zu ermitteln, ob Jemand seines Namens oder der meiner Schilderung von ihm entspräche,
während meiner Abwesenheit hier angekommen sei.

Zu meiner Herzenserleichterung fand ich, daß gar
kein Fremder seit gestrigem Vormittag in diesem
Gasthaus eingekehrt ist.

Wer vielleicht blos vorübergehend im Gastzimmer
gewesen ist, dies ist freilich eine andere Frage, die
sich nicht so leicht erledigen läßt. Abends gehen eine
Menge Leute ein und aus, und mein Gönner kann
hier sein beliebtes Glas Grog geschlürft, seine Zeitung überflogen und sich nach Allem, was in Bezug
auf mein Thun und Treiben zu erfahren gewesen
ist, erkundigt haben, ohne besondere Aufmerksamkeit
zu erregen.

Ich kann mit den Worten des Dichters sagen:

„Warum ich fürchte, weiß ich nicht,
Und dennoch fürcht' ich.“

Ich fand einen recommandirten Brief von Georg

Shelbon vor. In diesem Briefe lagen zwanzig Pfund in Banknoten, und ich begab mich damit sofort zu meinem Freund Jonas, den ich sehr angenehm mit Theetrinken beschäftigt fand.

Ich zeigte ihm das Geld; da aber meine gute Meinung von der Ehre des wohlehrwürdigen Herrn eine sehr beschränkte war, so trug ich Sorge, es ihm nicht eher zu geben, als bis er die Briefe zum Vor= schein gebracht hatte.

Als er fand, daß ich wirklich bereit war, ihm den geforderten Preis zu zahlen, öffnete er ein altmo= bisches Bureau und zog eins jener geheimen Schub= fächer heraus, die für ein in solchen Dingen nur einigermaßen geübtes Auge nicht drei Minuten lang geheim bleiben können.

Aus diesem Versteck, welches er augenscheinlich als einen Triumph der Mechanik betrachtete, brachte er ein Packet vergilbte Briefe hervor, die einen schwachen Geruch von welken Rosenblättern und La= vendel verbreiteten, der mir vorkam wie das echte Parfüm der Vergangenheit.

Als mein wohlehrwürdiger Freund das Packet auf den Tisch gelegt hatte, so daß ich es mit meiner Hand erreichen konnte, gab ich ihm das Geld, eher aber nicht. Seine alten dicken Finger ergriffen die Banknoten mit hastiger Begier, und aus seinen alten Fischaugen leuchtete ein schwacher Schimmer, der

ganz gewiß nur durch Banknoten hervorgerufen wer=
den konnte.

Nachdem ich mich überzeugt, daß es wirklich alte,
echte Documente und nicht etwa geschickt gefertigte
Falsificate waren, ersuchte ich Mr. Goodge, eine ein=
fache Quittung zu unterzeichnen, damit ich mich mei=
nem Auftraggeber gegenüber hinsichtlich der geleisteten
Zahlung ausweisen könnte.

„Wenn ich nicht irre, so sagten Sie, es wären
einige vierzig Briefe,“ sagte ich, ehe ich die Documente
in Mr. Goodge's Gegenwart zu zählen begann.

Der fromme Mann sah mich mit einem Ausdruck
des Erstaunens an, welcher mir, wenn ich nicht ge=
wußt hätte, daß ich es hier mit dem vollendetsten
Heuchler zu thun hatte, wie die verkörperte Einfalt
vorgekommen wäre.

„Dreißig bis vierzig, sagte ich,“ rief er; „daß es
e i n i g e vierzig wären, davon habe ich kein Wort ge=
sprochen.“

Ich sah ihn und er sah mich an. Sein Gesicht
sagte mir ganz deutlich, daß er mich zu täuschen ver=
suchte, und m e i n Gesicht sagte ihm eben so deutlich,
daß er in dieser Beziehung keine Aussicht auf Er=
folg habe.

Ob er einige der Briefe zurückbehielt, um mir
später noch mehr Geld abzupressen, oder ob er die=
elben an Jemand anders besser zu verkaufen gedachte,

das wußte ich nicht, wohl aber war ich der Haupt=
sache sicher, nämlich daß er mich betrogen hatte.

Ich löste den rothen Bindfaden, der die Briefe
zusammenhielt. Hierbei ergab sich ein Indicium,
welches in einem Criminalgerichtshof ein wesentliches
Moment zur Ueberführung meines Freundes gewesen
wäre. Der rothe Bindfaden zeigte nämlich die Spur
der Stelle, wo er vor einem halben Jahrhundert
zusammengebunden worden, und nicht weit von dieser
Spur befand sich der neue Knoten. Es stand sonach
außer Zweifel, daß mehrere der Briefe herausgenommen
und der Faden wieder frisch zusammengebunden wor=
den war.

Jedenfalls war dies geschehen, während meine
Unterhandlung mit Mr. Goodge noch schwebte.

Was sollte ich thun? Die Briefe zurückgeben und
das Geld meines Auftraggebers zurückfordern? Ich
kannte den frommen Mr. Goodge nun genau genug,
um zu wissen, daß eine solche Procedur eben so ver=
geblich gewesen sein würde, als wenn man von dem
Ocean verlangen wollte, eine hineingegossene Tasse
Wasser wieder herauszugeben.

Die Briefe, die er mir gegeben, konnten ein
leichtes Glied zu der Kette liefern, die ich zusammen
zu fügen bemüht war, und eben so gut konnte dies
auch nicht der Fall sein. Die mir vorenthaltenen
Briefe waren vielleicht mehr, vielleicht auch weniger

werthvoll als die mir eingehändigten. Das Geschäft war auf jeden Fall hin ein gewagtes und Georg Sheldon's Geld so vollständig auf's Spiel gesetzt wie bei irgend einer Wette.

Ehe ich Mr. Goodge höflich Lebewohl sagte, wollte ich ihm wenigstens zu verstehen geben, daß ich ihn durchschaute.

„Sie sagten ganz bestimmt, es wären mehr als vierzig Briefe da," sagte ich zu ihm, „und Sie haben folglich einige aus dem Packet herausgezogen. Ich weiß recht wohl, daß mir kein gesetzliches Mittel gegen Sie zusteht, weil unser Vertrag ein mündlicher war und ohne Zeugen geschlossen wurde. Ich muß mich deshalb mit dem begnügen, was ich bekomme, bitte Sie aber, sich nicht zu schmeicheln, daß Sie den Secre-tär eines Advocaten hinter's Licht geführt haben. Dazu sind Sie nicht gescheidt genug, Mr. Goodge, obschon Sie schuftig genug sind, um Jeden zu be-trügen, der es sich gefallen lassen muß."

„Junger Mann, wissen Sie —"

„Da mir die Abwesenheit irgend eines Zeugen bei unserer Verhandlung zum Schaden gereicht hat, so kann ich eben so gut die Abwesenheit irgend eines Zeugen bei unserer jetzigen Unterredung zu meinem Vortheil benutzen. Sie sind ein Lügner und Betrü-ger, Mr. Goodge, und hiermit habe ich die Ehre, Ihnen Lebewohl zu wünschen."

„Geh hinaus, junger Mann!" rief der wüthende
Jonas, dessen dickes, rundes Gesicht vor Wuth dunkel=
roth ward, indem er zugleich unwillkürlich die Hand
nach dem Schüreisen ausstreckte, obschon, wie ich glau=
ben will, nur zur Defensive. „Geh hinaus, junger
Mann, sage ich zu Dir, wie Abimelech zu Jebediah
sagte; geh hinaus!"

Ich bin in Bezug auf die beiden biblischen Eigen=
namen, womit der ehrwürdige Jonas bei dieser Gele=
genheit seine Rede schmückte, meiner Sache nicht ganz
sicher, wohl aber weiß ich, daß dergleichen Leute gern
von solchen Namen Gebrauch machen, wahrscheinlich
schon deshalb, weil dieselben einen sonoren Klang
haben, der sich in dem Munde eines Charlatans gut
ausnimmt.

Eben stand ich im Begriff, ganz gemächlich —
denn ich hatte vor dem geistlichen Schüreisen durch=
aus keine Furcht — das Zimmer zu verlassen, als
mein Auge zufällig auf einen kleinen Nebentisch fiel,
der mit einem bunten, schachbretartig gemusterten Tuche
bedeckt war und auf welchem einige jener schwarz=
gebundenen Bücher lagen, die gleichsam das Symbol
der anspruchslosen Frömmigkeit ihres Besitzers sind.

Unter den schwarzgebundenen Büchern lag etwas,
was nach einer andern Hemisphäre schmeckte, als
welcher erstere angehörten. Es war ein Handschuh
— ein lavendelfarbener Glacéhandschuh, klein für

2*

einen Mann und mit deutlichen Spuren, daß er sich in der Hand der Wäscherin befunden. Dabei war er so schmal, daß er die breite, fleischige Tatze eines Jonas Goodge niemals umschlossen haben konnte.

Sofort durchzuckte mich ein Gedanke, der mich seitdem fortwährend verfolgt hat.

Dieser Handschuh gehörte meinem Freund und Gönner Horatio Paget, und für diesen waren die Briefe aus dem Packet gezogen worden! Er war im Laufe dieses Tages bei Jonas Goodge gewesen und hatte diesen bestochen, mich zu betrügen.

Und nun sah ich mich gezwungen, zu der alten Frage zurückzukehren: war es möglich, daß der Capitän erfahren hatte, was ich hier suchte? Wer konnte es ihm gesagt haben? Wer konnte ein Geheimniß verrathen haben, welches nur Georg Sheldon und mir selbst bekannt war?

Aber giebt es außer Horatio Paget nicht auch noch andere Leute, welche gewaschene lavendelfarbige Handschuhe tragen? Der Capitän hat aber von jeher die Gewohnheit gehabt, einen Handschuh liegen zu lassen, und ich glaube, es war eben die Erinnerung an diesen Umstand, was mich auf den Gedanken brachte, daß er sich hier in's Spiel gemengt habe.

Ich widmete meinen Abend der Durchsicht von Mrs. Rebekka Haygarth's Briefen. Die bleiche Dinte, die altväterische steife Handschrift, die jetzt nicht mehr

gebräuchlichen Abbreviaturen und eine sehr zweifel=
hafte Orthographie machten die Aufgabe zu einer
sehr mühsamen. Ich hielt jedoch tapfer aus, und die
alte Uhr auf dem Marktplatz schlug eben Zwei, als
ich den letzten Brief anfing.

So wie ich mich immer mehr in dieses Geschäft
vertiefe, wird auch mein Interesse daran ein stärkeres;
es ist ein Interesse sui generis, abgesehen von aller
Aussicht auf Gewinn — abgesehen selbst von der
Erwägung, daß ich durch diese Erörterung einen
Lebensunterhalt erwerbe, welcher beinahe e h r l i ch
verdient ist, denn wenn ich auch dann und wann
eine Unwahrheit sage oder mich einer Heuchelei schul=
dig mache, so bin ich deswegen nicht schlechter als
ein Legationssecretär oder ein Gerichtsadvocat.

Das Vergnügen, welches ich an diesen Nachfor=
schungen finde, ist mir ein ganz neues. Ich möchte
allerdings gern die dreitausend Pfund verdienen, aber
wenn ich auch nichts bekäme, so würde ich doch, glaube
ich, das einmal begonnene Werk nicht liegen lassen.
Ich wünsche das Geheimniß jenes mitternächtlichen
Begräbnisses in Dewsdale zu ergründen, ich wünsche
die Geschichte der Mary Haygarth kennen zu lernen,
welche unter dem alten Taxusbaum in Spotswold
begraben liegt und um deren Verlust Jemand trauerte
„ohne Hoffnung auf Trost".

War dies eine gewöhnliche Wittwer=Redensart

und tröstete der unbekannte Trauernde sich vielleicht doch noch mit einer neuen Frau? Wer weiß es? Werde ich jemals jenes Geheimniß der Vergangenheit durchbringen? Meine Aufgabe erscheint mir fast eben so hoffnungslos, als wenn Georg Sheldon mich beauftragt hätte, die Nachkommen der neunundneunzigsten Frau des Königs Salomo zu ermitteln.

Die Briefe haben sehr geringen Werth. Es sind zierliche, gemessene Episteln, und sie beziehen sich weit mehr auf geistige Dinge als auf irdische Geschäfte.

Mrs. Rebekka scheint um die Gesundheit ihrer Seele so besorgt gewesen zu sein, daß sie sehr wenig Muße gehabt hat, an so unbedeutende Dinge wie die Körper anderer Leute zu denken.

Die Briefe enthalten weitläufige Abhandlungen über ihren Gemüthszustand, und der Ton, in welchem sie geschrieben sind, verräth einen nicht geringen Grad des Stolzes, welcher sich hinter die Maske der Demuth verkriecht. Mrs. Rebekka streut fortwährend Asche auf ihr Haupt, dabei aber vergißt sie nicht, ihrem Freund und Pastor wissen zu lassen, was für ein frommes Haupt es nichtsbestoweniger ist.

Ich habe drei der weltlichsten Briefe, die ich ausgewählt, auf die Seite gelegt. Dieselben verbreiten einiges Licht über Matthew Hahgarth's Charakter, geben aber nur wenig positive Aufschlüsse.

Ich habe diese Briefe wörtlich abgeschrieben. Der

erſte iſt vom 30. Auguſt 1773 batirt, folglich eine Woche nach der Verheirathung der Schreiberin mit unſerem Freund Matthew, und lautet folgendermaßen:

„Verehrter Freund und Paſtor, — Am Montag vor acht Tagen kamen wir in London an. Es ſcheint mir dies eine große, mächtige Stadt zu ſein, in welcher aber Tugend und Frömmigkeit eben ſo wenig zu Hauſe zu ſein ſcheinen als im alten Babylon. Mein Ehemann, der die Stadt beſſer kennt als Dinge, womit er eher vertraut ſein ſollte, lachte über den frommen Abſcheu, womit ich eine der berühmteſten Sehenswürdigkeiten betrachtete. Kürzlich waren wir nämlich Abends in einem großen Garten, der von Einigen Spring Garden, von Anderen Vauxhall genannt ward; obſchon ich aber meinem Gatten für ſeinen Wunſch, mir eine angenehme Zerſtreuung zu verſchaffen, dankbar war, ſo konnte ich doch nicht ohne Scham ſehen, wie ernſthafte Chriſtenmenſchen hier gleich Kindern unter bunten Lampen und Laternen herumhüpften und ganz entzückt profane Muſik anhörten, während ſie ſich doch weit weniger zum Nachtheil ihres Geldbeutels und ihrer Geſundheit in frommer und erbaulicher Weiſe hätten verſammeln können.

„Mein freundlicher Matthew würde mich auch noch an andere Orte ähnlicher Art geführt haben, aber geleitet, wie ich hoffe und glaube, vom heiligen

Geiste, machte ich ihn aufmerksam, wie eitel und ver=
werflich alle dergleichen Vergnügungen sind. Er
wollte dies nicht zugeben, sondern sagte, der König
und die Königin, welche beide glänzende Muster von
Herzensgüte und Frömmigkeit seien, besuchten ebenfalls
Vauxhall und Ranelagh und wären dort zur Freude
ihrer Unterthanen häufig zu sehen. Ich entgegnete
ihm hierauf, daß, so hoch ich auch meinen Souverain
und seine hochzuverehrende Gemahlin achtete, ich doch
lieber mein Dasein beschließen wollte, ohne sie gesehen
zu haben, als daß ich ihnen an einem so eitlen und
frivolen Orte zu begegnen suchen sollte. Er hörte
mich freundlich und ruhig an, war aber nicht über=
zeugt, denn dann und wann fängt er plötzlich an zu
seufzen und zu stöhnen und ruft aus: „Ach, ich war
einmal in Vauxhall, als der Garten erst seit einigen
Jahren eröffnet war, und o wie hell schienen die
Lampen, gerade als ob die Sterne des Himmels in
die Gebüsche herabgefallen wären! Wie herrlich klang
die Musik gleich Engelshymnen am thauigen Abend!
Aber das ist nun beinahe zwanzig Jahre her und die
ganze Welt hat sich seitdem verändert!“

„Sie können sich leicht denken, wohlehrwürdiger
Herr, daß diese thörichten Bemerkungen mir zum
großen Aergerniß gereichten, und ich führte meinem
Gatten seine Thorheit mit schlichten Worten zu Ge=
müthe. Er sah sein Unrecht auch sofort ein und bat

mich um Verzeihung. Dennoch aber behielt er diesen
ganzen Abend eine niedergeschlagene Miene und fing
dann und wann wieder an zu seufzen und zu stöhnen
wie vorher. In der That, geehrter Herr, ich bedarf
in meinem Umgang mit ihm eines sehr geduldigen
Geistes, denn obschon ich zuweilen glaube, er sei auf
dem besten Wege, ein wahrer Christ zu werden, so
kommen doch wieder Tage, wo ich glauben muß, daß
der Satan ihn immer noch in seiner Gewalt hat und
daß alle meine Bitten und Ermahnungen vergeblich
seien.

„Sie, wohlehrwürdiger Herr, kennen die Ruch-
losigkeit seines früheren Lebens — in soweit nämlich
dieses Leben Jemandem außer ihm selbst bekannt
geworden ist, denn er war in Bezug auf sein Thun
und Treiben in dieser großen Stadt von jeher sehr
verschwiegen, obschon er in Bezug auf alle gewöhnlichen Dinge sehr redselig und mittheilsam ist. Sie
wissen auch, in wie ernster Absicht ich die Last der
Ehe auf mich genommen habe, denn ich hoffte dadurch
die vollständige Bekehrung dieser störrigen Seele zu
bewirken. Es ist Ihnen bekannt, wie eifrig mein
seliger Vater wünschte, daß Matthew Haygarth und
ich ein Paar würden, denn sein Vater und mein Vater
waren in den Tagen der allergnädigsten Majestät
Königin Anna die intimsten Freunde und Genossen
gewesen. Sie wissen, wie Matthew, nachdem er viele

Jahre lang für alle anständige Gesellschaft verloren gewesen, nach dem Tod seines Vaters wiederkam und ein gesetztes, nüchternes Leben führte, unsere Erbauungsstunden besuchte und mehr als einmal beim Anhören einer Predigt des hochgeachteten begeisterten Gründers Thränen vergoß.

„Sie werden daher, mein theurer wohlehrwürdiger Herr, mich innig bemitleiden, wenn ich Ihnen sage, daß ich fortwährend von der Furcht gequält werde, diese Seele, welche ich in die Hürde zu führen versprochen, wieder auf Abwege gerathen zu sehen. Nur erst gestern, als ich mit ihm in Clerkenwell in der Nähe von St. John's Gate spazieren ging, blieb er plötzlich stehen und rief in jener ungestümen Weise, welche ihm selbst jetzt noch eigen ist:

„Höre, Becky, möchtest Du das Haus sehen, in welchem ich die glücklichsten Jahre meines Lebens zugebracht habe?"

„Als ich keine Antwort gab, denn ich glaubte, es sei dies blos so ein wunderbarer Einfall von ihm, zeigte er auf ein schwarzes Wohnhaus von ziemlich unsauberem Aussehen mit überhängenden Fenstern und einem breiten Giebeldach.

„Dort steht es, Becky," rief er, „Nummer Sieben, Johnstreet, Clerkenwell, ein alter baufälliger Kasten mit einer Treppe, auf welcher Jeder, der nicht schon damit bekannt ist, den Hals brechen kann und eine

halbe Tagereise von dem Mittelpunkte Londons ent=
fernt. Und dennoch war dieses Haus einmal ein
Paradies für mich, und selbst jetzt noch, wo seitdem
achtzehn Jahre vergangen sind, lockt mir sein Anblick
die Thränen in meine armen alten Augen."

„Und dann ging er so rasch weiter, daß ich kaum
Schritt mit ihm halten konnte, bis wir nach Smith=
field kamen, wo er mir von Bartholomew Fair und
den herrlichen Stücken zu erzählen begann, die er
auf diesem Theater gesehen. Dann zeigte er mir
noch den Platz, wo die Bude eines gewissen Fielding
gestanden, der sich später als Verfasser einiger er=
bärmlichen Romane, deren Langweile nur durch ihre
Immoralität übertroffen wird, eine traurige Berühmt=
heit erworben hat. Hierauf schwatzte er noch von
Fawkes, dem Hexenmeister, der sich großen Reichthum
erwarb, und von einer gewissen bescheidenen Person
Namens „Tibby Doll", welche mit Pfefferkuchen und
anderen dergleichen Näschereien handelte. Von den
ersten Predigten des frommen Gründers unserer Ge=
meinde in Moorfields aber wußte er mir nichts zu
sagen, obschon mir dies angenehmer gewesen wäre
als all' dies eitle Geschwätz über Possenreißer, Pfeffer=
kuchenbäcker und Marktschreier.

„Als wir die Runde um den Platz gemacht hatten
und es Zeit ward, einen Wagen zu nehmen und nach
unserer Wohnung in Chelsea zurückzukehren — er

hatte mich so weit hinweggeführt, um mir die St.
Paulskirche, das Newgate-Gefängniß, die Münze und
den Tower zu zeigen — bekam er wieder eine schwermüthige Anwandlung und war den ganzen Abend
schweigsam und traurig, obschon ich ihm aus den ge-
druckten Predigten eines der hervorragendsten Mitglieder unserer Gemeinde vorlas. Sie sehen, wohlehrwürdiger Herr, wie schwer es diesen Kindern des
Satans wird, sich von dem Herrn, dem sie einst ge-
dient, los zu machen, denn selbst in dem gesetzten Alter
von dreiundfünfzig Jahren sehnt sich das schwache Herz
meines Gatten noch nach verdammungswürdigen Schau-
stellungen und mit bunten Lampen beleuchteten thörichten Gärten.

„Und nun nichts weiter, geehrter Freund. Mein
Papier ist zu Ende, und es wird für mich auch hohe
Zeit, zu bedenken, daß Ihre Geduld ebenfalls er-
schöpft sein muß. Empfehlen Sie mich Ihrer Gattin.
Ich kann Ihnen blos noch versichern, daß die Zerstreuungen dieser thörichten, sündhaften Stadt keine
Macht haben, das Herz der Person zu fesseln, die es
als ihr schönstes Vorrecht betrachtet, sich zu unterzeichnen
als Ihre demüthige Jüngerin und Dienerin

Rebekka Haygarth.“

Nach meiner Ansicht liegt in diesem Brief eine
Andeutung in Bezug auf gewisse romantische Vorgänge.
Warum lockte der Anblick des alten Hauses in John-

street dem guten Matthew Thränen in die Augen?
Und warum schien die Erinnerung an Vauxhall und
Bartholomew Fair ihm so süß zu sein? Und was
war der Grund jenes Seufzens und Stöhnens, so
oft der Gedanke an die Vergangenheit wieder in ihm
erwachte?

Ich möchte wissen, was dies alles zu bedeuten ge=
habt hat. War es blos die entschwundene Jugend,
was der arme, gesetzte, zum Wesleyismus bekehrte
Matthew betrauerte? Oder lebten in ihm Erinnerungen
an etwas noch Süßeres als eine unter den bunten
Lampen von Vauxhall verlebte Jugend? Wer kann
das Herz eines Mannes ergründen, der vor hundert
Jahren gelebt hat? Und wo ist das Senkblei, womit
sich solche geheime Tiefen erforschen lassen? Ich müßte
einen ganzen Schober alter Briefe durchlesen, ehe ich
zu dem Geheimniß dieses Menschenlebens gelangte.

Die beiden anderen Briefe, die ich nach einiger
Erwägung ausgewählt, beziehen sich auf die letzten
wenigen Wochen von Matthew's Dasein, und hierin
glaube ich wieder die Spur eines häuslichen Ge=
heimnisses zu sehen, eines traurigen Geheimnisses,
welches dieser gesetzte Mann vor seiner Gattin ver=
borgen hielt, welches er aber mehr als einmal halb
geneigt war, ihr zu offenbaren.

Wäre die Frömmigkeit der guten Frau, die es,
beiläufig bemerkt, vollkommen aufrichtig gemeint zu

haben scheint, in ihrer Ausdrucksweise weniger kalt und förmlich gewesen, so hätte der arme Matthew sich vielleicht ein Herz gefaßt und wäre mit der Sprache herausgegangen. Daß es ein Geheimniß in dem Leben dieses Mannes giebt, davon bin ich überzeugt, leider aber hilft diese Ueberzeugung nichts beweisen, was für Georg Sheldon vom geringsten Werth wäre.

Ich lasse nun noch einen Auszug aus jedem der beiden anderen wichtigen Briefe folgen.

Der erste ist einen Monat vor Matthew's Tod der zweite vierzehn Tage nach diesem Ereigniß geschrieben.

„Hochgeehrter wohlehrwürdiger Herr, — Ich habe in der letzten Zeit viel Gemüthsunruhe wegen meines Gatten erduldet. Jene Anwandlungen von Schwermuth, wovon ich Ihnen schon früher schrieb, haben sich seiner wieder bemächtigt. Eine Zeit lang hoffte ich, daß diese Anwandlungen die von einer wiedergeborenen Seele erzeugte Frucht seien, seit einem Monat aber habe ich zu meinem Leidwesen entdeckt, daß diese Gemüthsstörungen ihren Grund vielmehr in den Einflüsterungen des Bösen haben. In der letzten Zeit hat mein Gatte mehrmals erklärt, sein Leben gehe zu Ende, und er scheint auch wirklich die Ueberzeugung zu haben, daß seine Tage gezählt sind. Nach meiner Ansicht ist dies eine directe Eingebung des Satans.

gerade wie jene plötzlichen und unerklärlichen Aus=
brüche von lautem Gelächter, deren sich viele fromme
Christen mitten in andächtigen Versammlungen schuldig
machen und wodurch unserer Gemeinde oft so viel
Schmach und Nachtheil zugefügt worden ist. Auch
wird die Ueberzeugung, die mein Gatte hegt, in keiner
Weise gerechtfertigt, denn seine Gesundheit ist ebenso
wie sie seit den letzten zehn Jahren gewöhnlich ge=
wesen ist. Er giebt dies selbst zu, unmittelbar darauf
aber ruft er aus, es sei zu Ende mit ihm und der
Tod strecke bereits die Hand nach ihm aus. Ich
kann dies für nichts Anderes halten als die Stimme
des Feindes, der durch diesen schwachen Mund des
Fleisches spricht.

„Letztvergangenen Sonntag Abend, als nach dem
Gebet die schwermüthige Anwandlung wiederkehrte,
begann Mr. Haygarth plötzlich, wie dies so seine Ge=
wohnheit ist:

„Ich möchte Dir gern etwas erzählen, Becky,
etwas in Bezug auf meine tollen Tage in London,
und es wäre vielleicht gut, wenn Du es wüßtest.“

„Ich antwortete ihm jedoch sogleich, ich wünschte
durchaus nicht, etwas von seinem Schwelgerleben zu
hören, und es werde daher besser sein, wenn er schweige
und andächtig die Bibelerklärung anhörte, welche
Humphrey Bagot, unser würdiger Pastor und Freund,
uns nach dem Abendessen versprochen hatte. Wir

faßen gerade in dem blauen Zimmer, der Tisch war
zum Abendessen gedeckt und wir erwarteten unsern
Freund aus dem Dorfe, einen Mann von bescheidener
Herkunft, denn er ist ein armer Krämer, besitzt aber
einen hohen Geist und ein frommes Gemüth und ver=
kauft mir ganz dieselbe Sorte Thee, wie unsere gnä=
digste Königin in Windsor zu trinken pflegt.

. „Nachdem ich ihn auf diese Weise in aller Freund=
lichkeit zurechtgewiesen, fing er an zu seufzen und
rief auf einmal aus:

„Wenn ich auf dem Sterbebett liege, will ich
Dir etwas sagen, Weib. Vergiß nicht, mich darnach
zu fragen. Oder wenn mich der Tod ungewöhnlich
schnell ereilen sollte, suche in dem alten Tulpenblatt=
bureau einen Brief, denn vielleicht sage ich Dir
schriftlich, was ich nicht gern mit diesen Lippen sagen
möchte."

„Ehe ich noch Zeit hatte, ihm zu antworten, trat
Mr. Bagot ein und wir setzten uns zu Tische. Dann
las er das sechste Capitel des Hebräerbriefs und er=
klärte es ausführlich zu unserer Erbauung. Während
dieser Erklärung bemächtigte sich der Satan meines
armen Gatten wieder und ließ ihn so fest einschlafen,
daß er zu unser aller Aergerniß fürchterlich schnarchte."

Hier haben wir eine deutliche Anspielung auf
ein Geheimniß, welches die alberne Mrs. Rebekka
vor lauter frommer Ziererei nicht hören mochte.

Der nächste Auszug ist einem Briefe entnommen, welcher geschrieben worden, als die Lippen, welche so gern sprechen gewollt, auf immer verstummt waren. Ach, Rebekka, Du warst blos ein sterbliches Weib, obschon zugleich unter den Anhängern John Wesley's ein strahlendes Licht, und ich möchte wissen, was Du nun für das Geheimniß des armen Matthew gegeben hättest.

Der Auszug aus dem dritten Brief ist folgender:

„— — Einige Tage nach diesem traurigen Ereigniß besann ich mich auf das, was mein Gatte mir gesagt hatte, ehe ich Dewsdale verließ, um den Liebesmahlen in Remberton, Kesfield, Broppinbean und Dawnfold beizuwohnen, von welchen ich blos zwei kurze Wochen vor dem Hintritt meines armen Matthew zurückkehrte. Ich dachte an jene Worte über seinen herannahenden Tod, die nach meiner Ansicht in einem verwerflichen Irrthum ihren Grund hatten, obschon ich jetzt einsehe, daß sie vielmehr ein geistiger Mahnruf waren. Ich begann daher eifrig den Brief zu suchen, welchen Matthew, wie er mir gesagt, in dem Tulpenblattbureau zurücklassen wollte.

„Obschon ich aber mit großer Sorgfalt und Mühe suchte, so war doch diese Mühe umsonst, denn es war kein Brief da. Ich habe nicht eher aufgehört zu suchen, als bis ich jeden Winkel und jede Ritze durchspäht hatte. In einem der geheimen Schubfächer aber, in einem alten Gebetbuch versteckt, fand ich eine blonde Locke, die von dem Haupt eines Kindes abgeschnitten zu sein schien und um eine lange Flechte dunkleren Haars geschlungen war, welches seiner Länge zufolge durchaus das Haar eines Weibes gewesen sein mußte. Daneben lag das Miniaturbildniß eines Mädchengesichts in einem goldenen Rahmen. Ich will dieses Papier, welches beinahe zu Ende ist, nicht durch Kundgebung des Argwohns besudeln, der in mir erwachte, als ich diese seltsamen Kleinodien fand, und eben so wenig will ich so unchristlich sein, von den Todten übel zu sprechen.

„Mein Gatte war in seinen letzten Tagen musterhaft gesetzt und ein frommer Christ. Die Geheimnisse seines früheren Lebens werden mir nun im Diesseits nicht offenbar werden. Ich habe das Buch, das Bild und das geflochtene Haar in meinem Pult verwahrt, und werde es Ihnen zeigen, sobald Sie mich wieder durch Ihren so erbauenden Besuch erfreuen. Bis dahin bleibe ich in Glück und Unglück, in Gesundheit und Krankheit stets mit derselben Aufrichtigkeit

Ihre demüthige und dankbare Dienerin
und Schülerin
Rebekka Haygarth.“

Somit sind meine Excerpte aus Mrs. Haygarth's Briefen zu Ende. Für mich sind dieselben sehr inter-

essant, denn sie enthalten den undeutlichen Schatten
einer entschwundenen Existenz. Ob sie aber jemals
von wirklich praktischem Nutzen sein werden, dies ist
sehr ungewiß.

Ohne Zweifel war jenes Bildniß eines unbekann=
ten Mädchens, welches in dem Gemüth der gesetzten
Mrs. Rebekka so gewaltige Bestürzung hervorrief,
kein anderes als das der „Molly", deren graue Augen
mich an Charlotte Hallibay erinnerten.

Während ich in der Stille der Nacht Mrs. Re=
bekka's Briefe abschrieb, tauchten die Dinge, über die
ich schrieb, wie ein Gemälde vor mir auf.

Ich sah das blaue Zimmer an jenem Sonntag
Abend, die ehrsamen, einander steif und zierlich gegen=
übersitzenden Eheleute, die chinesischen Porzellan=Unge=
heuer auf dem hohen Kaminsims, die blau und wei=
ßen holländischen Herdplatten mit altväterischen Ge=
stalten vlämischer Bürger zu Fuß und zu Pferde,
die matt auf dem spindelbeinigen Tische brennenden
Lichter, die sich gespenstisch in dem dunkelpolirten Wand=
getäfel spiegeln, die auf einem in der Nähe stehenden
Tisch aufgeschlagen liegende große Bibel, die alte
silberne Kanne, die zum Abendessen aufgelegten Messer
und Gabeln mit Hirschhorngriffen, die feierlich tickende
Achttage=Uhr, und mitten in all' dieser düstern alt=
modischen Bequemlichkeit den grauköpfigen Matthew,
der seufzend seine entschwundene Jugend beklagt.

3*

Ich bin, seitdem ich mich in Charlotte Halliday
verliebt, seltsam romantisch geworden. Es gab eine
Zeit, wo ich für die Seufzer und Klagen des armen
Halliday weiter nichts als wegwerfende Verachtung
empfunden haben würde, jetzt aber denke ich mit in=
niger Theilnahme an ihn und interessire mich für
sein armseliges prosaisches Leben, jenes Bild und jene
beiden Haarlocken mehr als für den packendsten Ro=
man, den jemals ein sterblicher Genius geschaffen.
Es ist ein sehr wahrer Ausspruch, daß die Wahrheit
seltsamer sei als die Dichtung, aber kann man nicht
ebenso auch sagen, daß die Wahrheit eine Gewalt
hat, das menschliche Herz zu rühren, welche selbst
den erhabensten Dichtungen eines Shakespeare oder
Aeschylos fehlt? Man betrauert das Schicksal Aga=
memnon's, noch weit mehr aber den grausamen Tod
Richard's in dem Kerker zu Pomfret, obschon er im
Vergleich zu dem König der Menschen und Schiffe
eine sehr unbedeutende Persönlichkeit war.

Drittes Capitel.

Es wird Jagd auf die Judsons gemacht.

10. October. Gestern und vorgestern waren verlorene Tage. Sonnabend las ich Mrs. Rebekka's Briefe, nachdem ich spät gefrühstückt, noch einmal durch, und verbrachte einen trägen Morgen mit dem Bemühen, die zerstreuten Brosamen Belehrung, die ich vielleicht in der verwichenen Nacht übersehen, nachträglich aufzulesen.

Es war jedoch nichts zu finden, und für so achtbar ich den Gründer der Wesley'schen Brüderschaft auch immer gehalten, so ward ich doch, ehe ich mit Mrs. Haygarth's Correspondenz fertig war, seiner Tugenden, seiner Predigten, seiner Wanderungen von einem Ort zum andern, seiner Liebesmahle und seiner Betstunden ein wenig müde.

Nachmittags schlenderte ich in dem Städtchen umher, hielt in mehreren Gasthäusern Nachfrage, um zu

entdecken, ob Capitän Paget vielleicht hier Quartier
genommen, ging dann nach der Eisenbahnstation und
sah den Abgang eines Zugs mit an, verbrachte un=
gefähr eine halbe Stunde in dem besten Tabaksladen
der Stadt und hoffte, hier meinem eleganten Gönner
zu begegnen, der sich täglich mit zwei der ausgewähl=
testen Cigarren zu regaliren pflegt und, wenn er noch
im Orte war, sich vielleicht hier einfand, um einen
derartigen Einkauf zu machen.

Ob er noch in Ullerton ist [oder nicht, kann ich
nicht sagen, in dem Tabaksladen aber ließ er sich
auf alle Fälle nicht sehen, und ich mußte, nachdem ich
einen Tag verloren, wieder in mein Gasthaus zurück=
kehren.

Dennoch glaube ich nicht, daß Georg Sheldon
Ursache haben wird, sich über mich zu beklagen, denn
ich habe für meine zwanzig Schillinge pro Woche
fleißig gearbeitet und mich meiner Aufgabe mit einem
Eifer gewidmet, dessen ich mich gar nicht fähig ge=
glaubt hätte, ausgenommen für —

Am Sonntag Vormittag ging ich in die Kirche
und fühlte mich andächtiger gestimmt, als es je der
Fall gewesen, denn obschon ein Mensch, der von seinem
Witze lebt, nothwendig ein Heide oder Atheist sein
muß, so ist es doch sehr schwer für ihn, annähernd
ein Christ zu sein. Selbst meine Andacht am gestrigen
Tage war nicht viel werth, denn meine Gedanken

schweiften mitten in einer sehr verständigen praktischen Predigt fortwährend hinweg nach Charlotte Hallibah.

Nachmittags las ich die Zeitungen und schlummerte im Gastzimmer ein wenig am Kamin, während ich dabei immer wieder an Charlotte dachte.

Spät am Abend ging ich in den Gassen der Stadt umher und überlegte, was für ein einsamer, verlassener Wicht ich bin. Die Wüste Sahara ist, glaube ich, ein wenig öde, dennoch aber liegt in ihr zugleich ein Anflug von Romantik. Was aber könnte es hoffnungsloser Langweiliges oder unaussprechlicher Oedes geben als eine Provinzialstadt spät Abends Sonntags, so wie. sie sich den Augen eines freundlosen jungen Mannes darstellt, der keinen Sixpence in der Tasche hat und dem nicht eine einzige frohe Hoffnung zur Seite steht, die ihn verlocken könnte, die Vergangenheit in angenehmen Zukunftsträumen zu vergessen?

Da klage ich schon wieder! O Feder, du Stimme meiner Unzufriedenheit, deine Ergießungen gleichen dem Ausbruch unmännlicher Ungeduld und eitler Wuth. O Papier, dessen glatte Fläche ein Sinnbild meines eintönigen Lebens ist, deine fettige Abgeneigtheit, die Dinte anzunehmen, ist das Symbol der sich gegen das Schicksal empörenden Seele.

Der heutige Nachmittag brachte mir einen Brief von Sheldon und öffnete einen neuen Kanal für meine Forschungen in dem unterirdischen Gebiet, welches man Vergangenheit nennt. Dieser Mann besitzt ein merkwürdiges Talent zu seiner Aufgabe. Ein solcher Mann muß früher oder später den Sieg erringen. Ich bin neugierig, ob dieser Sieg eintreten wird, während ich noch sein Verbündeter bin. Ich habe mich daran gewöhnt, mich als einen Unglücks= vogel zu betrachten, der nicht bloß sich selbst, sondern auch Andere in's Verderben führt.

Es ist vielleicht ein thörichter Aberglaube, sich einzubilden, daß man zum Uebel auserkoren sei, die Eumeniden haben mir aber ein wenig arg mitgespielt. Diese liebenswürdigen Gottheiten haben mich schon von meiner Wiege an — die wahrscheinlich gar nicht einmal bezahlt war — zu ihrer Beute ausersehen. Ich möchte wissen, ob es eine rächende Gottheit giebt, deren specielle Aufgabe es ist, die Insolventen zu ver= folgen, so zu sagen eine Nemesis des Banquerott= gerichtshofs.

Der Brief meines Sheldon giebt, wie mir vor= kommt, Zeugniß von großem Scharfsinn. Er ist länger als die früheren. Ich schreibe ihn hier ab, denn ich wünsche, daß diese Aufzeichnungen ein voll= ständiges Bild meiner Thätigkeit in dieser Angelegen= heit gewähren.

„Lieber Hawkehurst, — Die Abschriften

Sie haben Ihre Auswahl mit großer Umsicht ge=
troffen, wobei ich natürlich voraussetze, daß Sie unter
der übrigen Masse nichts übersehen haben. Beiläufig
bemerkt, wird es mir angenehm sein, wenn Sie mir
die übrigen Briefe auch noch schicken. Sie können
sich das, was Ihnen darin bemerkenswerth erscheint,
notiren, und für mich wird es am besten sein, wenn
ich die Originale in meiner eigenen Verwahrung
habe.

„In dem ersten der von Ihnen ausgewählten
Briefe finde ich einen Punkt von großer Wichtigkeit,
nämlich die Hindeutung auf ein Haus in Johnstreet.
Es ist klar, daß Matthew in diesem Haus gewohnt
hat, und es finden sich daher in jener Nachbarschaft
vielleicht selbst jetzt noch einige Spuren von seiner
Existenz. Ich werde morgen innerhalb eines gewissen
Umkreises um diesen Ort eine genaue Erörterung be=
ginnen, und wenn ich so glücklich bin, auf einige hundert=
jährige Greise, die ihren Verstand noch beisammen
haben, zu stoßen, so werde ich etwas erfahren.

„Es giebt in der unmittelbaren Nähe des Gefäng=
nisses von Whitecroßstreet einige Armenhäuser, in
welchen die Bewohner ein Alter erreichen, welches
nach dem Pentateuch schmeckt. Vielleicht finde ich
dort einen aus einer guten Familie stammenden ver=
armten Bürger, der sich auf einen Zeitgenossen
M___ ___ ___ ___ kann. London war in jener Z__

nicht so groß, wie es jetzt ist, die Menschen blieben ihr Leben lang in einer und derselben Nachbarschaft und hatten Muße, sich um die Angelegenheiten ihrer Nachbarn zu bekümmern.

„Da ich nun einigen Aufschluß über Matthew's schwelgerische Tage habe, so werde ich dieselben so genau als möglich verfolgen, und wenn Ihre Nachforschungen in der Provinz und die meinigen in der Hauptstadt gleichmäßig fortschreiten, so können wir hoffen, binnen Kurzem ein sicheres Resultat zu gewinnen.

„Was Sie selbst betrifft, so möchte ich Ihnen rathen, nun ohne Weiteres Jagd auf die Linie der Judsons zu machen. Sie werden sich erinnern, daß Matthew's einzige Schwester eine Mrs. Judson von Ullerton war. Ich brauche einen direct von Matthew abstammenden Erben und Sie kennen meine Theorie in dieser Beziehung. Wenn wir aber in dieser Richtung unsern Zweck nicht erreichen, so müssen wir uns natürlich an die Judsons halten, die eine widerwärtig complicirte Gesellschaft sind, deren Entwirrung eine ganze Lebenszeit in Anspruch nimmt, abgesehen davon, daß auch andere Leute in derselben Sache thätig sind und ihr Vertrauen auf den weiblichen Zweig des Hahgarth'schen Stammbaums setzen.

„Ich wünsche, daß Sie einige dieser Judsons aufspüren, um durch sie noch weitere Beweise in Gestalt von alten Briefen, Inschriften u. s. w. zu erlangen. Daß Matthew ein Geheimniß hatte, ist gewiß, und daß er in seinen späteren Tagen sehr geneigt war dieses Geheimniß zu offenbaren, ist ebenfalls gewiß. Wer kann wissen, ob er es nicht seiner einzigen Schwester erzählt hat, obschon er sich scheute, es seinem Weibe mitzutheilen?

„Sie sind bis jetzt in dieser Sache mit so viel Umsicht zu Werke gegangen, daß ich Sie nicht mit fernerweiten Winken oder Rathschlägen zu belästigen brauche. Wenn Geld nöthig ist, so wird es geschafft werden, doch muß ich Sie bitten, mit möglichster Sparsamkeit zu Werke zu gehen, denn ich muß das Geld zu hohen Zinsen aufnehmen, und sollte mir dieses ganze Project fehlschlagen, so ist mein Ruin unvermeidlich. Stets der Ihrige

„Gray's Inn, Sonnabend Abend.

„G. S."

Mein Freund Sheldon ist ein Mann, der gegen Niemanden weitschweifige Höflichkeitsformeln beobachtet, und deshalb kann ich es nicht übel nehmen, wenn er auch in Bezug auf mich keine Ausnahme macht. Das, was er Ruin nennt, wäre wahrscheinlich eine ganz einfache Insolvenzerklärung, und dann würde er sich in einem andern Local und unter einer andern Firma auf's Neue etabliren. Ich kann mir nicht denken, daß es einen sehr fühlbaren Ruin für einen Mann

geben kann, der weiter nichts besitzt als einige alte
Roßhaarstühle, ein paar wacklige Schreibepulte, ein
halbes Dutzend leere lackirte Blechkisten, einige Jahrgänge Zeitungen und einen türkischen Teppich, welchem
selbst der zufällige Beobachter sofort ansieht, daß er
schon längst in das letzte Stadium der Brauchbarkeit
getreten ist.

Das Aufspüren der Judsons ist eine sehr leichte
Aufgabe im Vergleich mit der, im Dunkel der Vergangenheit zu tasten und einige schwache Spuren von
den Fußstapfen abgeschiedener Hahgarths aufzusuchen.
Während das Geschlecht der Hahgarths völlig aus-
gestorben zu sein scheint, hat sich die Judson'sche Linie
vielfach ausgebreitet, und meine Hauptschwierigkeit
beim Anfang ist ein embarras de richesse, denn in
dem Abreßkalender von Ullerton steht eine ganze halbe
Seite voll Judsons.

Sollte ich zuerst Theodor Judson, den Advocaten
in Nile Streef, oder den wohlehrwürdigen James
Judson, Pfarrer von St. Gamaliel, aufsuchen, oder
sollte ich mich vor allen Dingen an Judson & Comp.,
Seidenwaarenhändler am Ferrhgate, oder an Judson
von der Firma Judson & Grinder, Wattfabrikanten
in Labhlane, wenden? Dies war die große Frage.

Als ich mich bei meinem Gastwirth in Bezug auf
die frühere Geschichte dieser Judsons erkundigte, fand
ich, daß sie alle, wie man annahm, einem gemein-

famen Stamme entsprungen waren und folglich in
ihren Adern das Blut des alten Jonathan Hay=
garth floß.

Die Judsons waren, wie mein Wirth mir weiter
erzählte, ganz unbedeutende Leute gewesen, bis es Joseph
Judson, einem kleinen Krämer und Schnittwaaren=
händler, gelungen war, das Herz der schönen Ruth
Haygarth, der einzigen Tochter des reichen, der Secte
der Nonconformisten angehörigen Gewürzhändlers am
Marktplatze zu erobern.

Diese Heirath war der Anfang von Joseph Jud=
son's Wohlstand gewesen. Der alte Haygarth hatte
seinem fleißigen und achtbaren Schwiegersohn auf
dem steinigen Pfade, der zum Reichthum führt, fort=
geholfen und ihn ohne Zweifel manchmal über die
Steine hinweggehoben, womit diese beschwerliche
Straße besäet ist.

Die Mittheilung meines Wirths war so unklar,
wie die Mittheilungen solcher Leute in der Regel sind,
dennoch aber war aus dem, was er sagte, leicht ab=
zunehmen, daß die gutsituirten Judsons der Gegen=
wart fast alle von dem sauer erworbenen Reichthum
Jonathan Haygarth's Nutzen gehabt hatten.

„Sie haben auch fast alle den Namen Haygarth
mit ihren anderen Namen in Verbindung gebracht,"
sagte mein Wirth. „Der Judson von der Firma
Judson & Grinder heißt Thomas Haygarth Judson.

Er ist Mitglied unseres Gewerbevereins und ein
Mann, der wenigstens seine hunderttausend Pfund
commandirt."

Ich habe, beiläufig gesagt, schon oft bemerkt, daß
ein reicher Geschäftsmann in einer Provinzialstadt der
Meinung seiner Mitbürger nach nie weniger als
hunderttausend Pfund besitzt; die Menschen scheinen
einmal eine Vorliebe für runde Zahlen zu besitzen.

„Dann," fuhr mein Wirth fort, „haben wir
J. H. Judson, den Geistlichen von St. Gamaliel.
Dieser heißt James Haygarth Judson, und der junge
Judson, der Sohn des Advocaten, nennt sich auf seiner
Karte Haygarth Judson und läßt sich auch von den
Leuten so nennen, wenn sie nämlich wollen, was in
der Regel nicht der Fall ist, denn er geberdet sich
sehr stolz und thut, wenn er Abends im Sommer
Ferrygate hinuntergeht, als ob der Platz ihm gehörte
und er gar nicht einmal großen Werth darauf legte.
Man sagt, sein Vater sei gesetzlicher Erbe einer von
den letzten Haygarths hinterlassenen Million, und er
und der Sohn versuchten ihre Ansprüche auf das
Besitzthum gegen die Krone geltend zu machen. Gleich=
wohl aber habe ich den jungen Judson selbst dies in
unserer Gaststube, als die Rede davon war, in Ab=
rede stellen hören, und ich glaube nicht, daß das, was
die Leute sagen, begründet ist."

Es that mir leid, zu entdecken, daß dennoch einiger

Grund zu solchem Gerede vorhanden war, denn Mr. Judson, der Advocat, war sicherlich kein zu verachtender Gegner. Ich fühlte, daß ich Mr. Theodor Judson, dem Advocaten, und seinem aufgeblasenen Sohn so weit als möglich aus dem Wege gehen müsse, wenn nicht die Umstände sich so gestalteten, daß wir uns genöthigt sahen, mit ihm gemeinschaftliche Sache zu machen.

Mittlerweile fand ich es wahrscheinlich, daß jeder Schritt, den ich bei den anderen Judsons thäte, zur Kenntniß dieser speciellen Mitglieder kommen würde.

„Stehen die Judsons in gutem Einvernehmen mit einander?" fragte ich schlau.

„Bei einigen ist es der Fall, bei einigen wieder nicht. Sie sind meistens Cousins im britten und vierten Grade, und das ist keine sehr nahe Verwandtschaft in einer Stadt, wo es viel Concurrenz giebt und wo die Interessen sich oft kreuzen. Der junge Theodor — Haygarth Judson, wie er sich selbst nennt — ist sehr gut Freund mit Judson von St. Gamaliel. Sie sind Universitätsfreunde gewesen und bilden sich nicht wenig darauf ein, sich ein paar Jahre in Cambridge herumgetrieben zu haben. Diese beiden vertragen sich sehr gut mit einander. Judson von Ladylane spricht aber mit keinem von beiden, wenn er ihnen auf der Straße begegnet, und in meiner Gaststube habe ich selbst gesehen, daß er thut, als bemerkte er sie gar nicht. William Judson von Ferrygate ist ein Dissenter und hält sich sehr für sich. Die anderen Judsons sind ihm zu flott, obschon ich nicht begreifen kann, warum der Mensch nicht Abends mit seinen Freunden ein Glas Grog trinken soll," setzte der Wirth nachdenklich hinzu.

Natürlich war es William der Dissenter, der sich so für sich hielt, welchem ich mich zunächst vorzustellen beschloß. Als Dissenter hatte er höchstwahrscheinlich vor dem Andenken der nonconformistischen und wesleyanischen Haygarths mehr Respect und hatte die auf sie bezüglichen Traditionen treuer und sorgfältiger aufbewahrt als die anglikanischen und frivolen Mitglieder der Familie Judson. Als ein Mann, der sich für sich hielt, hütete er sich wahrscheinlich auch, mit seinen Verwandten über meine Angelegenheit zu sprechen.

Ich verlor keine Zeit, mich auf den Weg nach dem Geschäftshause in Ferrygate zu machen, und nachdem ich dem Diener Georg Sheldon's Karte gegeben und erklärt, daß ich in einer die Familie Haygarth betreffenden Angelegenheit käme, ward ich sofort in ein zierliches Comptoir eingelassen, wo ein munterer, kleiner alter Herr in einem feinen Rock und schneeweißer Cravatte und Hemdkrause mich mit altväterischer Artigkeit empfing. Ich freute mich, zu finden, daß er wenigstens seine fünfundsiebzig Jahr zählte, und er würde mir noch besser gefallen haben, wenn er noch älter gewesen wäre.

Ich entdeckte sehr bald, daß ich in Mr. Judson, dem Schnittwaarenhändler, mit einem ganz andern Mann zu thun hatte als in dem wohlehrwürdigen Jonas Goodge.

Er befragte mich genau über meinen Beweggrund, Auskunft in Bezug auf den verstorbenen Haygarth zu suchen, und ich mußte meinem Gewissen einige Gewalt anthun, um gegen ihn eben so diplomatisch zu Werke zu gehen wie gegen Mr. Goodge.

Den schlauen Jonas hinter's Licht zu führen, war ein Triumph — den arglosen Schnittwaaren= händler zu betrügen, wäre eine Schande gewesen.

Indessen, wie ich schon früher einmal erklärt habe, ich glaube, daß ich mich selbst im schlimmsten Falle nicht viel weiter von der Wahrheit entferne als ein Advocat oder ein Diplomat.

Mr. Judson nahm das, was ich ihm in Bezug auf mich sagte, in aller Einfalt hin und schien sich zu freuen, Gelegenheit zu haben, über die verstorbenen Haygarths zu sprechen.

„Sie sind aber doch nicht bei der Aufgabe bethei= ligt, Theodor Judson's Anspruch auf das Vermögen des verstorbenen John Haygarth durchzuführen, wie?" fragte mich der alte Mann nach einer Weile, als ob eine plötzliche mißtrauische Ahnung in ihm erwachte.

Ich versicherte ihm, daß Mr. Theodor Judson's Interessen und die meinigen in keiner Weise identisch seien.

„Das freut mich," antwortete der alte Schnitt= waarenhändler, „nicht, als ob ich einen Groll auf Theodor Judson hätte, obschon seine Grundsätze und die meinigen weit auseinander gehen. Man hat mir gesagt, daß er und sein Sohn einen Anspruch auf die Haygarth'sche Erbschaft zu begründen versuchen wollen, aber dies wird ihnen niemals gelingen, Sir; dies wird ihnen niemals gelingen. Es gab einen jungen Mann, der im Jahre 41 nach Indien ging, ein Tau= genichts und Vagabund, der fortwährend Geld borgte — von hundert Pfund an, zu dem Zwecke, ein Ge= schäft anzufangen und seiner Familie zur Ehre zu gereichen, bis herab zu einem Schilling, um ein Nacht= quartier oder ein Mittagsmahl zu bezahlen. Dieser junge Mann war der Urenkel von Ruth Haygarth — der älteste noch lebende Enkel von Ruth Haygarth's ältestem Sohn, und wenn dieser Mann noch lebt, so ist er der rechtmäßige Erbe von John Haygarth's Geld. Ob er in diesem gegenwärtigen Augenblick le= bendig oder todt ist, das weiß ich nicht, denn man hat, seitdem er Ullerton verlassen, nichts wieder von ihm gehört. Wenn aber Theodor Judson den Tod dieses Mannes nicht auf gesetzlich gültige Weise dar= thun kann, so hat er eben so wenig Aussicht, von dem

Haygarth'schen Vermögen auch nur einen Sixpence
zu bekommen, als ich habe, die Krone von Großbritannien zu erben."

Der alte Mann hatte sich, ehe er mit seiner Rede
fertig war, in eine gewisse Hitze hineingesprochen, und
ich sah, daß die Theodor Judsons im Comptoir des
Schnittwaarenhändlers eben so unbeliebt waren wie
in dem Gasthaus zum Schwan.

„Wie hieß dieser Mann mit seinem Taufnamen?"
fragte ich.

„Peter. Er hieß Peter Judson und war der
Urenkel meines Großvaters Joseph Judson, welcher
vor länger als hundert Jahren dieses selbe Haus
hier bewohnte. Peter Judson muß, als er Ullerton verließ, ungefähr fünfundzwanzig Jahr alt gewesen sein;
wenn er sich daher nicht das Leben genommen oder
das Klima ihn nicht schon lange umgebracht hat, so
ist er jetzt ein Mann von mittleren Jahren. Er ging
als Supercargo eines Kauffahrteischiffs mit. Er
war ein guter Kopf und konnte, wenn er Lust hatte,
trotz seinem schwelgerischen Leben sehr fleißig arbeiten.
Theodor Judson ist ein sehr guter Jurist, aber wenn
er auch seinen ganzen Scharfsinn aufbietet, so wird
er doch dem Besitz von John Haygarth's Geld keinen
Schritt näher kommen, so lange er keinen Beweis von
Peter Judson's Tod beibringt, und er scheut sich, deswegen eine Bekanntmachung zu erlassen, weil er

4*

fürchtet, dadurch die Aufmerksamkeit anderer Reclamanten rege zu machen."

So unlieb mir es auch war, zu finden, daß so
viele Prätendenten auf das Vermögen des wohlehrwürdigen Erblassers lauerten, so freute ich mich doch,
daß Theodor Judson's Unpopularität geeignet war,
seine Verwandten geneigt zu machen, jeden Fremden
zu unterstützen, von dem sich erwarten ließ, er werde
den Genannten aus der Reihe der Bewerber um
den großen Preis verdrängen, und ich beschloß, mir
das, was ich soeben von dem schlichten alten Geschäftsmann gehört, zur Richtschnur dienen zu lassen.

„Es thut mir leid, daß ich mich über die. Beschaffenheit meiner Aufgabe nicht näher erklären
kann," sagte ich in einem Tone, der gleichzeitig ein-
schmeichelnd und vertraulich war, „indessen glaube
ich, Ihnen, ohne mich eines Vertrauensbruchs gegen
meinen Auftraggeber schuldig zu machen, so viel sagen
zu können, daß, wer auch zuletzt als rechtmäßiger
Erbe anerkannt werden wird, doch weder Mr. Judson
der Jurist noch sein Sohn jemals einen Heller von
dem Gelde bekommen werden."

„Es thut mir nicht leid, dies zu hören," antwortete
Mr. Judson sehr erfreut. „Nicht als ob ich einen
Groll gegen den jungen Mann hätte, sondern weil er
ein solches Glück nicht verdient. Ein junger Mann,
der an seinen eigenen Verwandten auf der Straße

in seiner Vaterstadt vorübergeht, ohne ihnen die dem
Alter oder der Achtbarkeit zukommende Höflichkeit zu
erweisen, ein junger Mann, der über ein auf ehrliche
und rechtschaffene Weise erworbenes Vermögen hä=
mische Bemerkungen macht, ein junger Mann, der
seine Cousins Ladenschwengel und seine Onkel und
Tanten Kopfhänger und Betschwestern nennt, ein
solcher junger Mann taugt nicht dazu, materiellem
Reichthum moralischen Glanz zu verleihen, und ich
gestehe offen, daß ich jenes ungeheure Vermögen lieber
jedem Andern gönne als diesem Theodor Judson.
Wissen Sie, mein werther Herr, daß er durch diese
selbe Straße in einem sogenannten Tandem, einer
Chaise mit zwei hintereinander gespannten Pferden,
gefahren ist? Ich möchte wohl wissen, wie viel Pferde
er hinter einander spannen oder auf wie freche Weise
er seine Verwandten beleidigen würde, wenn er hun=
derttausend Pfund im Vermögen hätte."

„Hunderttausend Pfund!" rief ich. „Beträgt das
von dem wohlehrwürdigen John Haygarth hinter=
lassene Vermögen wirklich so viel?"

„Ja wohl, Sir; und Theodor Judson und sein
niedlicher Sohn würden, wenn es in ihre Hände fiele,
einen hübschen Gebrauch davon machen."

Zum zweiten Male hatte Mr. Judson, der
Schnittwaarenhändler, sich in eine kleine Aufwallung
hineingesprochen und die Conversation mußte einige

Minuten lang ruhen, ehe er sich wieder bis zu seiner gewohnten Temperatur abgekühlt hatte.

„Oho," sagte ich bei mir selbst, während ich diesen Abkühlungsproceß abwartete, „also dies ist die Summe, um welche es sich bei den Bemühungen meines Freundes Sheldon handelt."

„Ich will Ihnen sagen, was ich für Sie thun werde, Mr. — Mr. Hawke — shell," sagte Mr. Judson endlich, indem er meinen Namen und den meines Auftraggebers auf sinnreiche Weise verschmolz. „Ich will Ihnen einen Empfehlungsbrief an meine Schwester geben. Wenn irgend Jemand Aufschlüsse über die Vergangenheit verschaffen kann, so ist sie es. Sie ist zwei Jahr jünger als ich, einundsiebzig Jahr alt, aber flink und munter wie ein junges Mädchen. Sie ist ihr ganzes Leben nicht aus Ullerton hinausgekommen und ist eine Person, die jeden Fetzen Papier, der ihr in die Hände fällt, sorgfältig aufhebt. Wenn alte Briefe oder Zeitungen Ihnen etwas nützen können, so kann sie Ihnen deren eine Menge vorlegen."

Nachdem der alte Mann dies gesagt, schrieb er ein Briefchen, welches er mit Sand bestreute, gerade so, wie Richard Steele einen jener geistvollen Aufsätze bestreut haben mag, die er in Gaststuben für Bezahlung eines jovialen Gastmahls hinwarf.

Mit diesem auf feines Postpapier geschriebenen und mit einem großen viereckigen Petschaft, welches

der Schnittwaarenhändler nebst einer ganzen Menge
anderer dergleichen Anhängsel an seiner Uhrkette trug,
besiegelten Billet machte ich mich auf den Weg zu
Miß Hephzibah Judson, die in der „Lochiel Villa"
auf der nach Lancaster führenden Straße wohnte.

Blicke auf ein vergangenes Leben.

———

10. October. Ich fand die von Miß Hephzibah Judson bewohnte Villa mit leichter Mühe. Es war eins jener steifen viereckigen Wohnhäuser mit messingenen Vorhangstangen, zierlichen Blumenbeeten und hellgrünem Staket, so wie man sie in ihrer Vollkommenheit nur in der feineren Vorstadt einer Provinzialstadt antrifft.

Ich hatte während meines kurzen Aufenthalts in Ullerton genug gehört, um zu wissen, daß Jeder, der an der Lancaster Road wohnte, gewissermaßen das Diplom der Achtbarkeit besaß. Niemals hatten anrüchige Personen ihre unheiligen Laren und Penaten in einer dieser neuen Villen aufgerichtet, und sehr kühn hätte Jeder sein müssen, der, seiner moralischen Untauglichkeit oder pecuniären Mangelhaftigkeit sich bewußt, gleichwohl gewagt hätte, sein Zelt in dieser geheiligten Umgebung aufzuschlagen.

Miß Hephzibah Judson war eine von jenen Personen, deren frommer Wandel und reichliches Einkommen der untadelhaften Vorstadt einen noch erhöhten Glanz verlieh.

Ich ward durch ein ältliches Frauenzimmer von etwas steifer Haltung, aber angenehmen Zügen eingelassen, die mir die Thür eines Zimmers öffnete, dessen Atmosphäre jene gruftähnliche Kälte hatte, die einem Zimmer eigenthümlich ist, welches blos bei Staatsgelegenheiten bewohnt wird.

Hier verließ mich die steife Dienerin, während sie meinen Empfehlungsbrief zu ihrer Herrin hineintrug.

Ich hatte in ihrer Abwesenheit Muße, mir einen Begriff von Miß Judson's Charakter nach dem stummen Zeugniß der Gegenstände zu bilden, von welchen sie umgeben war. Aus der Thatsache, daß Bücher sentimentalen und poetischen Inhalts unter den religiösen Werken in mathematisch richtigen Entfernungen auf der dunkelgrünen Tischdecke lagen — aus dem Vorhandensein dreier zwitschernder Kanarienvögel in einem großen Messingkäfig — aus dem Umstand, daß ein ausgestopftes Wachtelhündchen mit hellen braunen Augen unter einer Glasglocke auf einem rothsammetnen Kissen ruhte — schloß ich, daß

Miß Judson's Frömmigkeit eine angenehme Bei-
mischung von poetischem Gefühl habe, und daß ihr
Wesleyanismus angenehm durch jenes weibliche Zartgefühl gemildert würde, welches, wenn es keine passen-
deren Kanäle findet, sich an zwitschernde Kanarienvögel und fettsüchtige Wachtelhunde verschwendet.

Meine Voraussetzung war keine irrige. Es dauerte
nicht lange, so erschien Miß Judson, gefolgt von der
Dienerin, die einen Präsentirteller mit Kuchen und
Wein trug.

Es war dies die erste Gelegenheit, bei welcher
mir von der Person, der ich mich vorstellte, Er-
frischungen angeboten wurden. Ich schloß daraus,
daß Miß Judson die schwächste Person sei, mit welcher ich bis jetzt zu thun gehabt, und ich schmeichelte
mir mit der Hoffnung, daß ich in Miß Judson's
liebenswürdiger Schwäche, Sentimentalität und weib-
lichem Zartgefühl bessern Beistand finden würde als
bei geschäftsmäßigen praktischen Personen.

Ich glaubte, daß ich dieser Dame gegenüber eine
gewisse Miene von Offenheit annehmen müßte. Ich
verschwieg ihr daher nicht die Thatsache, daß mein
Geschäft etwas mit jenem Haygarth'schen Vermögen,
welches auf einen Erben warte, zu thun habe.

„Die Person, für welche Sie sich bemühen, ist
aber doch nicht Mr. Theodor Judson?" fragte sie
in fast schroffem Tone.

Ich versicherte ihr, daß ich Theodor Judson nie=
mals gesehen und daß ich bei seinem Erfolg in keiner
Weise interessirt sei.

„In diesem Falle werde ich mich freuen, Ihnen
allen Beistand zu leisten, der in meinen Kräften steht;
um aber den Interessen Theodor Judson jun. Vor=
schub zu leisten, kann ich nichts thun. Ich wage zu
hoffen, daß ich eine gute Christin bin, und wenn
Theodor Judson jun. hierher käme und mich um
Verzeihung bäte, so würde ich ihm diese Verzeihung
in christlicher Weise gewähren; zur Förderung seiner
habsüchtigen Anschläge aber kann und werde ich mich
nicht hergeben. Zur Unterdrückung der Wahrheit
oder Vertheidigung der Lüge kann ich nicht die Hand
bieten. Theodor Judson sen. ist nicht der rechtmäßige
Erbe des Vermögens des verstorbenen John Hay=
garth, obschon ich zugeben muß, daß sein Anspruch
v o r dem meines Bruders kommen würde. Es giebt
einen Mann, der v o r den Theodor Judsons steht,
und die Theodor Judsons wissen dies auch. Wären
sie aber auch die rechtmäßigen Reclamanten, so würde
ich sie immer noch für höchst untauglich und unwürdig
halten, in den Besitz eines so großen Vermögens zu
gelangen. Wenn dieser Hund sprechen könnte, so
würde er die Mißhandlung erzählen, die er von Theo=
dor Judson jun. an seinem eigenen Gartenthor zu
erdulden gehabt, und jeder Rechtlichdenkende würde

daraus einen sehr ungünstigen Schluß auf den Charakter des jungen Mannes ziehen. Ein junger Mann,
der seinen hämischen Gefühlen gegen eine bejahrte
Verwandte auf Kosten eines harmlosen Thiers Luft
machen kann, ist nicht der Mann, der vom Reichthum
einen würdigen Gebrauch macht."

Ich erklärte mich mit dieser Ansicht vollkommen
einverstanden und freute mich, zu bemerken, daß die
anstößigen Theodore mir bei Miß Judson ebenso wie
bei deren Bruder gute Dienste leisten würden.

Die alte Dame war blos zwei Jahr jünger als
ihr Bruder und noch mehr als dieser geneigt, mittheilsam zu sein.

Ich benutzte die Gelegenheit so gut ich konnte
und saß in dem gruftähnlichen Zimmer, während ich
ehrerbietig den Worten der alten Dame zuhörte und
blos von Zeit zu Zeit eine leitende Frage aufwarf,
obschon es mir vorkam, als ob ein fortwährender
Strom kalten Wassers langsam mir den Rücken hinab-
rieselte und mein ganzes System durchdränge.

Zum Lohn meiner Ausdauer erhielt ich Miß Judson's Versprechen, mir alle Briefe und Papiere zuzu-
senden, welche sie in Bezug auf Matthew Haygarth's
persönliche Geschichte unter ihrem Vorrath von alten
Documenten vorfinden würde.

„Ich weiß, daß ich unter den Papieren meiner
Großmutter ein ganzes Packet Briefe von Matthew's

eigener Hand besitze," sagte Miß Judson. „Ich war
der Liebling meiner Großmutter und verlebte einen
großen Theil meiner Zeit bei ihr, ehe sie starb —
was leider der Fall war, als ich noch im Aermel=
schürzchen herumlief; freilich trugen zu meiner Zeit
die jungen Mädchen Aermelschürzchen weit länger als
es jetzt der Fall ist, und ich stand daher im vierzehnten
Jahre, als meine Großmutter aus diesem Leben schied.
Ich habe sie oft von ihrem Bruder Matthew sprechen
hören, der, als ich geboren ward, schon seit einigen
Jahren todt war. Sie hatte ihn sehr lieb gehabt
und er sie auch, hörte ich sie sagen. Oft erzählte sie
mir, wie schön er in seiner Jugend gewesen sei und
wie schön er in einem chocoladenfarbenen, mit Gold=
tressen besetzten Reitrock aussah, als er kurz nach dem
Siege bei Culloden heimlich nach Ullerton kam, um
ihr einen Besuch zu machen, denn mit seinem Vater
stand er nicht im besten Einvernehmen."

Ich fragte Miß Judson, ob sie Matthew Hay=
garth's Briefe jemals gelesen habe.

„Nein," sagte sie, „zuweilen, wenn ich das Schub=
fach, in welchem ich sie verwahre, aufräume, sehe ich sie
an, und zuweilen habe ich auch hier und da ein Wort
gelesen, aber mehr nicht. Ich bewahre sie aus Achtung
vor dem Todten auf, glaube aber, daß ihre Lectüre
mich sehr betrüben würde. Die Gedanken und Ge=
fühle in alten Briefen erscheinen so frisch, daß wir

dadurch zu sehr an unsere Sterblichkeit erinnert wer=
den, besonders wenn wir bedenken, wie wenig außer
diesen vergilbten Briefen von den Personen, die sie
geschrieben, noch vorhanden ist. Es ist gut für uns,
zu bedenken, daß wir auf dieser Erde blos Fremb=
linge und Wanderer sind; zuweilen erscheint es aber
doch ein wenig hart, bedenken zu müssen, wie wenig
Spuren unsere Tritte zurücklassen, wenn diese Reise
beendet ist."

Die Kanarienvögel schienen Miß Judson mit
schwachem Gezwitscher beizustimmen, und ich nahm mit
Regungen des Mitleids in meinem Herzen Abschied
— ich, der Vagabund, ich, Robert Macaire der Jüngere
— ich hatte Mitleid mit den Kanarienvögeln in ihrem
Käfig und der verlassenen alten Dame, deren ein=
töniges Leben seinem Ende entgegenging und die zu
fühlen begann, was für ein armseliges Ding es, wenn
es um und um kam, gewesen war.

11. October. Ich muß der Verwegenheit, wo=
mit ich die gruftähnliche Kälte in Miß Hephzibah's
Zimmer ertragen, schwer büßen, denn ich leide heute
an einem heftigen Anfall von Grippe, jener Krank=
heit, die mehr als jede andere geeignet ist, den Men=
schen sich selbst zur Last und seinen Mitmenschen zur
Plage zu machen. Unter diesen Umständen habe ich
in meinem Zimmer ein Feuer anzünden lassen — ein
Luxus, den der Gehalt, welchen Sheldon mir zahlt,

eigentlich nicht gestattet — und ich sitze an meinem Kamin und denke über Matthew Haygarth's Lebensgeschichte nach.

Auf dem Tische neben mir liegen über hundert Briefe umhergestreut, alle von Matthew's kecker, fester Hand geschrieben; aber selbst jetzt noch, nach einem sorgfältigen Studium dieser Briefe, ist die Geschichte des Daseins dieses Mannes weit entfernt, mir klar zu sein. Die Briefe wimmeln von Winken und Andeutungen, sagen aber so wenig offen und gerade heraus. Sie enthalten eine Menge Räthsel und verstecken eine Menge Namen hinter der Maske von Anfangsbuchstaben.

Es steht viel in diesen Briefen, was sich auf Matthew's geheime Lebensgeschichte bezieht. Sie wurden an das einzige Wesen geschrieben, welchem er unter seinen Verwandten vollständig vertraute.

Diese Thatsache verräth sich mehr als einmal, wie sogleich aus den Auszügen hervorgehen wird, die ich im Begriff stehe zu machen, wenn meine Grippe — die mich jetzt zwingt, unfreiwillige Thränen zu vergießen, welche mir das Ansehen eines weinerlichen Dummkopfs geben, während ich dann und wann durch krampfhaftes Niesen fast vom Stuhl heruntergeschleudert werde — mir erlauben wird, etwas Vernünftiges oder Nützliches zu thun.

Ich habe die Briefe bald nach einem, bald nach einem

andern System hin und her sortirt und klassificirt, so
daß endlich ein förmliches Chaos daraus entstanden ist.
Es bleibt mir daher weiter nichts übrig, als jeden
Gedanken an Klassification aufzugeben, die Briefe in
chronologischer Reihenfolge durchzunehmen und mir
dabei Alles zu notiren, was mir bedeutsam erscheint.
Georg Sheldon's Scharfsinn muß das Uebrige thun.

Somit beginne ich meine Notizen mit einem Aus=
zug aus dem Briefe, welcher dem Datum nach der
vierte ist.

„14. December 1742. In der That, meine liebe
Ruth, Dir gegenüber wage ich etwas, und ich erzähle
Dir, was ich Anderen sorgfältig verschweigen würde.
Ich habe das Mädchen wiedergesehen, welches ich so
glücklich war, im letztvergangenen Monat September
aus den Händen von Nachtschwärmern und Raufbolden
zu befreien. Sie ist das liebenswürdigste Wesen,
welches man sehen kann, und in ihrem Reden und
Thun so elegant und fein wie eine Hofdame oder die
wohlerzogenste Person in Ullerton. Ich begegnete
ihr in der Nähe des Marshalsea=Gefängnisses, wo
ihr Vater gegenwärtig Gefangener ist, und hatte eine
angenehme Unterredung mit ihr. Sie erkannte mich
sofort und schien sich sehr zu freuen, mich wieder=
zusehen. Ihre schönen blauen Augen füllten sich mit
Thränen, als sie mir nochmals dankte, daß ich bei
jener Gelegenheit mich ihrer angenommen hatte. Du

siehst also, liebe Ruth, daß Dein Bruder in London
mehr Ansehen genießt als bei seinen Angehörigen.
Hättest Du das arme kindliche Geschöpf gesehen und
sie ihre Geschichte erzählen hören, so würdest Du ganz
gewiß ihr unverdientes Mißgeschick beklagt haben. Ihr
Vater ist krank und gefangen. Ihre Mutter ist schon
seit drei Jahren todt, und sie, die arme Molly, hat
für einen kranken Vater und für eine junge hülflose
Schwester zu sorgen. Das bedenke, meine gute Ruth,
während Du in Reichthum und Ueberfluß sitzest. Molly
ist schöner als die schönsten Damen, die bei Eröff-
nung des neuen großen Saals in Ranelagh im vergangenen Frühjahr zu sehen waren, schöner als die
beiden Miß Gunings und Lady Harvey, die auch für
eine große Schönheit gilt."

Dieser Auszug beweist, glaube ich, so ziemlich, daß
mein Freund Matthew sich in die schöne junge Dame
verliebt hatte, deren Ritter er bei einem Straßen-
scandal in Bartholomew Fair gewesen. Es paßt dies
mit dem zusammen, was mir der älteste Bewohner
des Armenhauses in Ullerton erzählte, der sich erin-
nerte, von seinem Großvater gehört zu haben, daß
Matthew Hayzarth eine Rolle bei einer Ruhestörung
gespielt, die bei Gelegenheit des großen Volksfestes
in Smithfield stattgefunden hatte.

Mein nächstes Excerpt betrifft wieder Molly nach
einem Zwischenraum von vier Monaten.

Wie es scheint, hatte Matthew zu seiner Schwester so
großes Vertrauen, daß er ihr seine Neigung zu der
armen Schauspielerstochter gestand, doch finde ich unter
den vorliegenden Briefen keinen, welcher dieses directe
Geständniß enthielte. Vielleicht hatte Ruth geglaubt,
ein solcher Brief sei zu gefährlich aufzubewahren, da
das väterliche Auge ihn in einer schlimmen Stunde
entdecken konnte. Matthew's Schwester war nämlich
zu dieser Zeit noch unvermählt und lebte innerhalb
des Bereichs jenes strengen väterlichen Auges.

Matthew's nächster Brief scheint mir die Antwort
auf eine von Ruth an ihn gerichtete feierliche Ermah=
nung zu sein.

„12. April 1743. Ganz gewiß, liebe Schwester,
wirst Du mich nicht für so verworfen halten, daß ich
ein armes gutes Mädchen betrügen sollte, welches
mir als dem Besten und Aufrichtigsten aller Sterb=
lichen vertraut, welcher ich auch um ihretwillen mich
bemühen werde zu sein. Du schreibst mir, Miß Re=
bekka Caulfield werde von unserem Vater mehr als
je geachtet, aber, liebe Ruth, ich muß Dir sagen, daß
die Achtung meines Vaters nicht die Richtschnur mei=
nes Handelns im Leben sein kann. Nach meiner An=
sicht giebt es keine schlimmere Thrannei als die, welche
Väter über ihre Kinder auszuüben versuchen, denn
hier handelt es sich um eine Barbarei, welche das
Herz der Jugend zwingen will, sich der Klugheit des

Alters zu fügen. Ich will durchaus nicht bezweifeln,
daß Rebekka eine sehr anständige und moralische Per=
son ist, obschon sie sich zu der neuen Methodistensecte
bekennt, die von dem tollköpfigen jungen Mann Wesley
und einem noch tollköpfigeren, Whitefield, gegründet
worden ist. Es giebt ganz gewiß viele junge Männer
in Ullerton, die sich freuen würden, wenn sie Rebekka's
Hand und Vermögen bekämen; wäre ihr Vermögen
aber auch noch zehnmal größer, so könnte ich mich
doch nicht entschließen, ihr mein Herz anzubieten. Da
ich somit, so weit es mein Papier erlaubt, alle Deine
Fragen beantwortet habe, liebe Schwester, so will ich
Dich blos noch bitten, mir Alles zu schreiben, was
Du weißt, und zu glauben, daß Niemand Dir auf=
richtiger ergeben sein kann als Dein Bruder

Matthew Haygarth."

Dieser Brief läßt mit Gewißheit vermuthen, daß
unser Matthew die Schauspielerstochter wahrhaft
liebte und es mit ihr ehrlich meinte. Es liegt edle
Entrüstung in der Zurückweisung der Zweifel seiner.
Schwester, ebenso wie der männliche Entschluß, Re=
bekka's bedeutendes Vermögen nicht zu heirathen. Ich
beginne zu glauben, daß Sheldon's Theorie von einer
frühzeitigen heimlichen Heirath sich als eine Trumpf=
karte erweisen wird, nur der Himmel aber weiß, wie
schwer und wie zeitraubend es sein wird, eine solche
Heirath nachzuweisen. Und dann, wenn wir auch Do=

cumente ausfinbig machen, burch bie ein solches Ereigniß bewiesen wirb, so werben wir auf unserem
bunkeln Pfab immer nur einen Schritt zurückgelegt
unb bann noch bie Früchte bieses Ehebunbes zu ent-
becken unb bie Fußstapfen ber unbekannten Nachkommen Matthew's burch ein ganzes Jahrhunbert zu
verfolgen haben.

Ich möchte wissen, wie Sisyphus zu Muthe war,
als ber Stein immer wieber unter ihm fortrollte.
Blickte er jemals nach bem Gipfel bes Berges empor unb berechnete er bie Entfernung, bie er noth-
wenbig zurücklegen mußte, ehe seine Aufgabe gelöst
sein konnte?

Der nächste Brief, in welchem ich eine bes Ab-
schreibens werthe Stelle finbe, ist von viel späterem
Datum unb wimmelt von Anfangsbuchstaben. Das
Postzeichen ist unleserlich, boch erkenne ich bie Buchstaben P O unb L, bie beiben ersten bicht beisammen,
ber britte nach einem kleinen Zwischenraum. Auch aus
bem Inhalt geht hervor, baß ber Brief in einem kleinen Provinzialort geschrieben worben ist. War bieser
Ort nicht vielleicht Spotswolb? Das P O unb bas L
bes Poststempels würben ganz genau in ben Namen
bes Dorfes passen. Auch biese Frage stelle ich Shelbon's
Scharfsinn anheim. Das Datum ist „März 1749".

„Mit M. geht es nicht gut. Zuweilen kommt es
mir vor, als sage bieses ruhige Leben ihr nicht zu,

weil sie früher an so viel Lebhaftigkeit und Geräusch gewöhnt gewesen ist. Ich habe ihr Vorwürfe darüber gemacht, aber sie hat mir mit Thränen in den Augen entgegnet, bei mir, bei M. und C. zu sein, reiche hin, um sie glücklich zu machen, und nur ihre schwache Gesundheit sei der Grund ihrer Niedergeschlagenheit. Ich bitte den Himmel, daß es mit M.'s Gesundheit recht bald besser gehen möge. Der kleine M. wird jeden Tag schöner, und wirklich, meine liebe Schwester, wenn Du uns noch einmal auf verstohlene Weise besuchen könntest, so würdest Du ihn für das schönste Geschöpf erklären, welches Du jemals gesehen. Seine Klugheit und seine Liebenswürdigkeit gewinnen ihm Aller Herzen. Mrs. J. sagt, sie bete ihn an, und fürchtet fast für eine Heidin angesehen zu werden, weil sie einem irdischen Wesen so viel Liebe widmet. Sie sagt dies auch oft zu unserem guten Pfarrer, der ihr aber über ihre verzeihliche Thorheit keinen Vorwurf macht.

„Die ganze letztvergangene Woche haben wir hier gewaltige Regengüsse gehabt. Eine solche Witterung kann nur dazu dienen, M.'s Genesung zu verzögern. Der Arzt in G., wohin ich mit ihr fuhr, sagt, sie müsse jeden Tag viel frische Luft schöpfen — wenn sie nicht zu Fuße gehen könne, so müsse sie sich tragen oder fahren lassen. Bei diesem Wetter aber und an einem Ort, wo weder eine Sänfte noch ein Wa=

gen zu haben ist, muß sie nothwendig zu Hause bleiben. Ich bat sie, mich sie nach G. bringen zu lassen,
aber sie will nicht und sagt, wenn der Sommer
kommt, werde sie wieder so gesund und kräftig werden
wie früher. Ich bitte Gott, daß dem so sein möge.

„Es giebt aber Zeiten, wo mein Herz schwer und
bekümmert ist, und wenn der Regen so an die Fenster schlägt, so ist es, als wenn kalte Wassertropfen
auf mein armes wundes Herz fielen. Wenn Du
uns einen verstohlenen Besuch machen könntest, so
würdest Du sehen, ob es mit ihr schlimmer steht, als
da Du sie im vergangenen Herbst saheft. Sie trinkt
jetzt Farrnkrautthee, und bittet mich, sie Dir zu
empfehlen. Sie ist Dir sehr dankbar dafür, daß Du
Dich ihrer so freundlich erinnerst. Ich glaube, Du
wirst allerhand schöne Geschichten von meinem Thun
und Treiben in London hören — wie ich Hahnen-
gefechte und Theater besuche, wie ich in Vauxhall
tanze und in Covent Garden die Nachtwächter prügle.
Spricht mein B. immer noch unfreundlich von mir,
oder hat er am Ende ganz vergessen, daß ein solches
Geschöpf wie ich lebt? Wenn dem so ist, so hoffe
ich, daß Du ihn dabei lassen wirst. Daburch wirst
Du einen großen Dienst erzeigen

Deinem Dich liebenden Bruder und
gehorsamen Diener
Matthew Haygarth.“

Für mich ist dieser Brief ein fast entscheidender
Beweis, daß wir es hier mit einer heimlichen Ehe
zu thun haben. Wer kann dieser kleine M., über
welchen Matthew so zärtlich schreibt, anders gewesen
sein als sein Kind? Und wer anders als eine Ehe=
frau kann die Frau sein, welche ihm so viel Sorge
und Unruhe macht? Nur von einer Ehegattin konnte
er seiner Schwester so rückhaltslos schreiben. Der
Ort, an welchem er sie auffordert, ihm einen verstoh=
lenen Besuch zu machen, muß nothwendig eine Häus=
lichkeit sein, in welche ein Mann seine Schwester ein=
laden kann. Ich glaube, aus allem diesen geht klar
hervor, daß Matthew Haygarth heimlich verheirathet
war und in Spotswold lebte, wo seine Frau und
Sohn später begraben wurden und von wo die Leiche
des Sohnes später nach Dewsdale geschafft ward, um
in das Grab gebettet zu werden, welches, wie der
Vater fühlte, auch bald seine eigene Ruhestätte wer=
den sollte.

Die Anspielung auf das, was die Leute in Uller=
ton von Matthew's tollem Treiben in London sprächen,
verräth, daß sein Vater glaubte, er fahre immer noch
fort, in der Hauptstadt ein leichtsinniges und ver=
schwenderisches Leben zu führen, während der junge
Mann doch gleichwohl kaum fünfzig Meilen von seinem
Vaterhause entfernt ganz einfach und häuslich lebte.
Jetzt natürlich, in der Zeit des schnellen Reisens, wo

jeder Mensch mehr oder weniger sich umherbewegt,
wäre so etwas nicht möglich; zu jener Zeit aber be=
trug die Entfernung von Ullerton nach Spotswold
eine ganze Tagereise. Daß Matthew an dem einen
Orte lebte, während man glaubte, er befände sich
ganz wo anders, geht zur Genüge aus mehreren
Stellen seiner Briefe hervor, die alle mehr oder we=
niger in folgender Weise lauten:

„Gestern — es war Markttag — war ich in G., wo
ich plötzlich Peter Browne's ältestem Knaben begegnete.
Er machte große Augen wie eine Eule, ich aber sah
ihn eben so verwundert an und sagte ihm, wenn er
meinen Namen zu wissen wünsche, so wolle ich ihm
hiermit sagen, ich hieße Simon Lubchick und sei Land=
wirth. Der arme einfältige Knabe bat mich höflich
um Verzeihung und sagte, er hätte mich für einen
Gentleman aus Ullerton, einen Freund seines Vaters,
angesehen. Ich schenkte ihm hierauf einen Schilling
und wir schieden auf die freundschaftlichste Weise. Es
ist dies nicht das erste Mal, daß der Anblick von
Leuten aus Ullerton mich in Angst gejagt hat."

Unter späteren Briefen finden sich sehr traurige.
Der kleine M. ist todt. Das arme Vaterherz spricht
seinen Schmerz in folgenden sehr einfachen Wor=
ten aus.

„November 1751. Ich danke Dir, liebe Schwester,
für Deine Freundlichkeit und Dein Mitleid, aber ach

er ist todt und es scheint, als gäbe es ohne ihn keine
Freude und keinen Trost mehr auf Erden für mich. Er
war ein kleines Kind von sechs Jahren und doch war
er meinem Herzen so theuer, daß die Welt ohne ihn
leer und einsam ist. M. wird mit jedem Tage
schwächer und hinfälliger. Ach, meine liebe Ruth, ich
sehe nichts als Kummer und Leiden vor mir und
ich wäre gern bereit, mich in dem Grabe meines
kleinen M. auch zur Ruhe niederzulegen."

Förmliche Todesanzeigen finde ich nicht, blos hier
und da traurige Anspielungen. Ich glaube, die Mehr-
zahl von Matthew's Briefen muß verloren gegangen
sein, denn die Data der meinen Händen anvertrauten
liegen weit auseinander und aus allen geht hervor,
daß deren noch mehrere gewesen sind. Nach dem
Briefe, in welchem deutlich der Tod des kleinen M.
erwähnt wird, folgt eine Lücke von acht Jahren. Dann
kommt ein Brief mit dem sehr deutlichen Poststempel
„London". Ich schreibe daraus Folgendes ab:

„4. October 1759. Die Stadt ist sehr still. Alles,
Vornehm und Gering, Reich und Arm trauert um den
General Wolf. Welch ein edler Tod und wie weit
glücklicher als das Leben, wenn man die Sorge und
Mühen desselben betrachtet! Dieser Ansicht sind auch
schon klügere Leute gewesen als ich. Donnerstag vor
acht Tagen war ich in Gesellschaft mit jenem aus-
gezeichneten Schriftsteller Dr. Johnson — ich schickte

Dir seine vielbewunderte Geschichte des Prinzen Raj-
selas — muß aber gestehen, daß er als feiner Gentleman weniger bewunderungswürdig ist wie als
Schriftsteller, denn seine Wäsche ist schmutzig, seine
Cravatte sitzt schief und seine Manieren würden bei
einem weniger genialen Menschen für etwas roh gelten.
— Er äußerte etwas, was großen Eindruck auf mich
machte. Einer der Anwesenden, die mit Ausnahme
meiner eigenen Wenigkeit alle aus talentvollen ge-
lehrten Leuten bestanden, bemerkte, die Alten hätten
ein Sprichwort gehabt, welchem zufolge der glücklichste
Mensch der wäre, der niemals geboren worden ist, und
der nächstglückliche der, welcher am frühesten stürbe.
Da rief Dr. Johnson sehr laut und zornig: „Das ist
eine heidnische Ansicht, Sir, und ich schäme mich, daß
ein christlicher Gentleman darin etwas Bewunderungs-
würdiges finden kann. Zwischen den Heiden und den
Nachfolgern Christi besteht derselbe Unterschied wie zwischen einem Sclaven und dem Diener eines gütigen
Herrn. Jeder trägt dieselbe Last; der Diener aber
weiß, daß er für seine Arbeit gerechten Lohn bekommen
wird, während der Sclave auf nichts hofft und deshalb zu dem Schluß kommt, daß das Glück darin be-
stehe, der Arbeit zu entrinnen.“ Ich konnte nicht umhin, die Weisheit und Frömmigkeit dieser Worte an-
zuerkennen, aber dennoch, wenn ich die Leute in ihren
schwarzen Kleidern vorübergehen sehe, beneide ich den

jungen General um seinen glorreichen Tod und wollte, ich läge auch mit unter den Erschlagenen auf dem Schlachtfelde von Quebeck. Ich ging, um das alte Haus in J. St. anzusehen, wollte aber nicht hinein= gehen, um Mr. F. oder die alten Zimmer zu sehen, denn ich glaube, ich würde die Geister der Personen zu sehen glauben, die einmal darin gelebt haben. C. gedeiht in Highgate, wo die Luft frisch und rein ist, sehr gut. Ich besuche sie sehr oft. Sie ist beinahe so groß wie Du. Empfiehl mich Rebekka, da Du sagst, es sei meinem Vater angenehm und derselbe sei jetzt geneigt, eine freundlichere Gesinnung gegen mich zu fassen. Wenn er aber glaubte, ich solle sie je auffordern, mein Weib zu werden, so irrt er sich gewaltig. Du weißt, wo mein Herz liegt — im Grabe mit Allem, was mir das Leben theuer machte. Danke meinem Vater in meinem Namen für die Geld=Anweisung und sage ihm, ich verbrächte meine Zeit in guter Gesellschaft und nicht mit Trunk und Spiel. Ich bin bereit, nach Ullerton zu kommen, um ihm meine Achtung zu bezeigen, sobald ihm beliebt es mir zu befehlen. Dennoch aber hege ich keinen Wunsch, London zu verlassen, denn ich möchte gern C. nahe sein."

Wer war diese C., welche Matthew in Highgate besuchte und die beinahe so groß war wie Ruth Jud= son? War sie nicht höchstwahrscheinlich dieselbe C.,

die in früheren Briefen in Verbindung mit dem klei=
nen M. erwähnt ward? Und wenn dem so ist, läßt
sich dann wohl bezweifeln, daß sie Matthew Hay=
garth's Tochter war? Von wem anders als von einer
Tochter würde er so schreiben wie in diesem Briefe?
Sie war in Highgate, wahrscheinlich in einer Schule,
und er besucht sie. Sie ist beinahe so groß wie Mrs.
Judson. Diese Körperlänge muß etwas Neues ge=
wesen sein, sonst würde er sie schwerlich seiner Schwe=
ster als eine Neuigkeit melden. Hierzu kommt, daß
er London nicht zu verlassen wünscht, weil er gern
in C.'s Nähe sein will.

Ich setze mein Leben zum Pfand, C. ist eine
Tochter.

Dieser Ueberzeugung folgend, habe ich alle Stellen
abgeschrieben, die sich auf C. beziehen, gleichviel in
welchen Zwischenräumen sie vorkommen.

So finde ich im Jahr 1763:

„C. ist sehr schön geworden und Mrs. N. sagt
mir, sie werde von einem Bruder einer ihrer Freun=
dinnen, Tabitha, sehr bewundert. Sie geht nie aus,
ohne von Tabitha begleitet zu sein, und wenn sie
eine Herzogin wäre, so könnte man ihr kaum mehr
Aufmerksamkeit erweisen. Mrs. N. liebt sie sehr zärt=
lich und erklärt sie für die liebenswürdigste und ge=
bildetste aller jungen Damen. Ich habe ihr die neue
Ausgabe von Sir Charles Grandison geschenkt, aus

welcher sie Abends abwechselnd Mrs. N. beim Spinnen
vorlesen. C. hat mir einen selbstgefertigten wollenen
Shawl und einige Paar Strümpfe geschenkt, die zu
dick sind, als daß ich sie tragen könnte; ich habe ihr
aber nichts davon gesagt."

Ferner 1764:

„Tabitha Meynell's Bruder geht mehr als je
nach Highgate. Er ist Comptoirist in dem Magazin
seines Vaters, sehr gesetzt und solid, und wenn es zu
C.'s Glück beitragen kann, ihn zu heirathen, so werde
ich ihrer Neigung durchaus nicht entgegen sein. Sie
ist aber erst achtzehn Jahr alt und deshalb habe ich
Mrs. N. gesagt, wir wollten noch warten. Mittler=
weile sehen die jungen Leute einander sehr oft."

Ferner 1765:

Der junge Meynell ist noch beständig und giebt
in seiner Unterhaltung mit Mrs. N. für C. viel
Liebe und Bewunderung zu erkennen; doch ist er be=
reit, auf meine Erlaubniß zu warten, ehe er sich
offen gegen C. ausspricht. Er scheint ein sehr exem=
plarischer junger Mann zu sein. Sein Vater ist
ein angesehener Bürger in Aldersgatestreet. Ich
habe, seitdem ich Dir das letzte Mal geschrieben, bei
ihm gespeist und es ist mir an seiner Tafel mit
großer Aufmerksamkeit begegnet worden. Er, Thomas
Meynell, der Vater, will seinem Sohn fünfhundert
Pfund geben, und ich habe versprochen, C. tausend

Pfund zu geben und ihr ein Haus in Chelsea, einem sehr angenehmen ländlichen Dorf, einzurichten. Es wird daher nun wohl bald Hochzeit sein.

„Es thut mir leid, zu hören, daß mein Vater kränklich ist. Grüße ihn von mir, und wenn er befiehlt, so werde ich sofort nach Ullerton kommen. Ich freue mich, zu hören, daß Rebekka Caulfield so freundlich gegen ihn ist und ihn durch Gebete und Zusprache getröstet hat. Ich fühle mich ihr dadurch mehr zu Dank verpflichtet als für alle ihre Freundschaft gegen meine unwürdige Person. Ich bitte Dich, ihr das zu sagen.

„Unser neuer König wird von Allen geliebt und bewundert. Mit seinen Ministern ist dies nicht der Fall und witzige Leute machen allerhand satyrische Bemerkungen über sie. Schade, daß ich nicht Kenntnisse genug besitze, um alle diese Dinge richtig zu verstehen.“

In diesem Briefe entdecke ich den Beginn einer freundlicheren Gesinnung gegen Rebekka Caulfield. Im nächstfolgenden Jahre — 1766 — starb Matthew's Vater meinen Notizen zufolge, aber ich finde keine Briefe aus diesem Jahre, welches unser Matthew ohne Zweifel zu Hause verlebte. Ueberhaupt finde ich keine Briefe von dieser Zeit an bis zu dem Jahr, wo Matthew sich mit Rebekka Caulfield vermählte. Aus dem einen Jahre seines Ehestands

mit ihr und dem letzten Jahre seines Lebens giebt
es viele Briefe, einige aus London und die übrigen
aus dem Herrenhause in Dewsdale. Dennoch ent=
halten diese Briefe, so liebreich und vertraulich sie
auch sind, doch wenig positive Aufschlüsse.

Dies sind die Briefe des wiedergeborenen, zum
Wesleyismus bekehrten Matthew und dieselben han=
deln, ebenso wie die ausgearbeiteteren Episteln seines
Weibes Rebekka, hauptsächlich von geistlichen Dingen.
In diesen Briefen gewahre ich die Kämpfe eines
schwachen Geistes, der allmälig die Beute religiöser
Scrupel geworden ist, und obschon ich den refor=
mirenden Einfluß, den John Wesley auf das eng=
lische Volk ausgeübt, vollkommen anerkenne, so glaube
ich doch, daß der arme Matthew in den Händen einer
Frau, deren Frömmigkeit einen weniger strengen
Charakter gehabt hätte als die Rebekka's, besser auf=
gehoben gewesen wäre. In allen diesen Briefen ist
eine gewisse Furcht, eine Niedergeschlagenheit, die bei=
nahe an Verzweiflung grenzt, unverkennbar. In einem
und demselben Athem beklagt und betrauert er das
verlorene Glück seiner Jugend und preist sich glück=
lich, daß im späteren Leben noch so viel für sein
Seelenheil geschehen sei.

So sagt er in einem Briefe:

„Wenn ich an jene Zeit des Leichtsinns und der
Thorheit mit M. denke und wie ihre Nähe mir das

höchste Glück zu sein schien, welches die Erde mir
gewähren oder der Himmel verheißen könnte, dann
zittre ich, an meine arme unerweckte Seele und an
das Loos zu denken, welches im Jenseits dem armen
Wesen beschieden ist, dem das wahre Licht nie geschienen hat. Wenn ich glauben könnte, sie sei selig
geworden, so wäre mein eigener Kummer weniger
drückend, aber dies kann ich nicht glauben, denn die
würdigsten Mitglieder unserer Gemeinde stimmen alle
dahin überein, daß Jeder, der im Tode nur an irdische
Freunde denkt und sich mit leidenschaftlichem Schmerz
an die Personen anklammert, die er auf Erden geliebt hat, weniger ist als ein wahrer Christ und deshalb nicht selig werden kann."

In einem noch späteren Briefe schreibt er:

„Dienstag vor acht Tagen predigte ein sehr junger
Mann, der bis vor Kurzem noch Zimmermann gewesen, jetzt aber fromm von Stadt zu Stadt und von
Dorf zu Dorf wandert, um zu lehren. Er sagt, ein
Leben sorglosen Glücks, welches Vergnügen an den
Dingen dieser Welt fände, sei unausbleibliche, selbst
nicht durch Reue abzuwendende Verdammniß. Das
ist ein peinlicher Gedanke. Ich dachte an M., an
deren Seite ich so vollständiges Glück genoß, bis der
Tod gleich einem Gespenst nahte und alle Freude
verscheuchte. Und nun weiß ich, daß ihr Leben ebenso wie das meinige eitel war. Ich versichere Dir,

liebe Schwester, es betrübt mich tief, über diese Wahr=
heit nachzudenken, und ganz gewiß ist jener Ausspruch
ein harter."

Nun folgen jene bangen Todesahnungen — jenes
inftinctartige Gefühl der unerbittlichen Hand, die ihn
so bald in seine letzte Ruhestätte betten sollte. Zu=
gleich mit dieser geheimnißvollen Vorahnung erwacht
die Sehnsucht nach dem kleinen M., der da begraben
werden soll, wo sein Vater sich neben ihn legen kann.
Es kommen in diesen letzten Briefen viele Stellen
vor, welche über jenes geheimnißvolle mitternächtliche
Begräbniß in Dewsdale Aufschluß geben. So heißt
es zum Beispiel:

„Vergangene Nacht träumte ich von dem Kirchhof
in S. Ich saß, wie mich dünkte, unter dem alten
Taxusbaum und hörte eine Kinderstimme sehr kläg=
lich weinen. Der Gedanke an diesen Traum hat den
ganzen Tag auf meinem Gemüth gelastet, und Rebekka
hat mich mehr als einmal gefragt, was mir fehle.
Wenn der kleine M. auch hier läge, in der Nähe des
Grabes, in welches man mich, wie ich deutlich fühle,
bald betten wird, dann, glaube ich, würde ich mich
glücklicher fühlen. Mache mir Vorwürfe über diese
Thorheit, wenn Du Lust hast. Ich werde alt und
der Satan führt mich durch solche thörichte Gedanken
in Versuchung. Was kommt für meine Seele darauf
an, wohin man meinen elenden Körper legt. Und

dennoch hege ich einen so thörichten Wunsch, neben dem kleinen M. begraben zu werden."

In diesen letzten Briefen finden sich auch wieder= holte Beweise jenes Wunsches von Seiten Matthew's, ein Geheimniß zu offenbaren, welches Rebekka's eigene Correspondenz verräth.

„Wir sprachen von mancherlei Dingen und sie war freundlicher und sanfter als gewöhnlich. Ich stand im Begriff, ihr von M. zu sagen und sie um ihre Freundschaft für C. zu bitten. Sie schien aber meine Geheimnisse nicht hören zu wollen, und ich glaube, sie würde sich beleidigt fühlen, wenn sie die Wahrheit erführe. Ich habe deshalb nicht den Muth, mich gegen sie auszusprechen. Ehe ich aber sterbe, werde ich doch um C.'s und M.'s und des Kleinen willen offen mit der Sprache herausgehen. In den ersten Tagen der nächsten Woche werde ich nach U. kommen, um mein Testament zu machen, und diesmal werde ich mich nicht wieder anders besinnen. Das letzte habe ich verbrannt, weil es mir nicht gefiel."

Diese Stelle kommt in dem letzten Briefe des mir anvertrauten Packets vor. Der Brief ist vom 5. September 1774 datirt.

Am vierzehnten des nächstfolgenden Monats starb Matthew und aller Wahrscheinlichkeit nach kam das Testament, von welchem er hier spricht, gar nicht zu Stande. Gewiß ist, daß Matthew, dessen Tod un=

vermuthet schnell erfolgte, ohne Testament starb, so
daß sein Sohn John die Hauptmasse und später das
ganze Vermögen erbte.

In den letzten wenigen Briefen kommen viele
Anspielungen auf diesen kleinen Sohn vor, ich glaube
aber nicht, daß derselbe dem Herzen des Vaters son-
derlich nahe stand Ohne Zweifel war er als Kind
von sechs oder sieben Wochen noch zu klein, um ein
eigentliches Interesse zu erwecken, und vielleicht auch
ohnehin kein sehr angenehmes Wesen. Das Herz
des armen schwachen Matthew hing immer noch an
jener Schauspielerstochter, die er niemals als seine
Gattin anerkannt hatte, und an dem kleinen M.

Und somit endet die Geschichte von Matthew
Hathgarth, so weit als ich im Stande gewesen bin, sie
in dem fast undurchdringlichen Dunkel der Vergangenheit zu verfolgen.

Ich glaube, das Nächste, was ich zu thun habe,
wird sein, Erkundigungen über den jungen Mann
Mehnell einzuziehen, dessen Vater in Aldersgatestreet lebte und ein achtbarer, solider Bürger war,
der den Vater der Geliebten seines Sohns gut be-
wirthen konnte und jedenfalls bedeutend genug war,
um einige Fußspuren im Sande der Zeit zurückzu-
lassen. Der kluge Sheldon wird entscheiden, auf
welche Weise die Jagd auf die Mehnells begonnen

werden muß. Daß in Ullerton sich noch etwas Weiteres thun läßt, bezweifle ich.

Ich habe Sheldon eine Reinschrift meiner Auszüge aus Matthew's Correspondenz übersendet und
die Briefe, sorgfältig zusammengepackt, Miß Judson's
Wunsche gemäß wieder zurückgegeben. Ich erwarte
nun die nächste Mittheilung meines Sheldon und die
Abnahme meiner Grippe, ehe ich in der großen
Schachpartie, welche man das Leben nennt, den nächsten Zug thue.

Was bedeutet Horatio Paget's Verweilen in dieser
Stadt? Er ist noch da. Er ging heute an diesem
Hause vorüber, während ich in jenem trostlosen Ge-
müthszustande, den nur die Grippe und die Verzweiflung kennt, an meinem Fenster stand. Ich glaube,
beiläufig bemerkt, ich leide an einer Anwandlung von
beiden Krankheiten. Was macht dieser Mensch hier?
Der Gedanke an seine Nähe flößt mir allerhand
unklare Befürchtungen ein. Ich kann mich nicht der
abgeschmackten Idee erwehren, daß der lavendelfar-
bene Handschuh, den ich in Goodge's Zimmer liegen
sah, dort von dem Capitän liegen gelassen worden
sei. Ich weiß, daß diese Idee eine abgeschmackte ist,
und ich sage mir immer und wieder, daß Paget von
dem, was ich hier vorhabe, nichts wissen und mir
deshalb auch nicht zuvorzukommen suchen kann. Doch
so oft ich auch mir dies wiederhole, werde ich den-

noch von Furcht vor irgend einer Verrätherei dieses
Mannes gepeinigt. Ich glaube, die Grenze zwischen
Grippe und Dummheit ist eine sehr schmale. Horatio
Paget ist aber auch ein Schurke durch und durch.
Er ist übrigens auch mit Philipp Sheldon liirt und
dieser ist, wenn mein Instinct mich nicht täuscht, eben=
falls ein feiner durchtriebener Schurke.

12. October. Es ist wirklich Verrätherei im
Spiele. Man hat abermals mit den Hahgarth'schen
Briefen sein Spiel getrieben. Ganz zeitig heute
Morgen bekomme ich einen entrüsteten Brief von
Miß Judson, welche mich erinnert, daß ich das Packet
Briefe bis gestern Mittag zurückzusenden versprochen,
während sie doch erst elf Uhr Nachts an dem Hinter=
thor des Gartens durch einen schmutzigen Knaben
abgegeben worden seien, der so in die Klingel gerissen,
daß man geglaubt habe, es brenne. Nachdem er das
Packet der Dienerin fast zugeworfen, sei er unmittel=
bar darauf verschwunden. Das Packet selbst hatte,
wie Miß Judson mir versicherte, schmutzig und zerzaust
ausgesehen und einer der Briefe fehlte vollständig.

Ohne weiter an meine Grippe zu denken, eilte
ich sofort in die unteren Regionen des Gasthauses
hinunter, suchte den Kellner auf, dessen Händen ich
mein Packet am gestrigen Vormittag halb elf Uhr
anvertraut hatte, und fragte ihn, welchen Boten er
mit der Beförderung desselben beauftragt habe.

Der Kellner konnte es mir nicht sagen. Er könne sich nicht mehr darauf besinnen, sagte er. Ich sagte ihm geradezu, daß mir dieser Mangel an Gedächtniß sehr auffällig vorkäme. Der Kellner lachte mich aus und betrachtete mich mit jenem ruhig unverschämten Blick, womit ein wohlgemästeter Kellner einen Gast zu betrachten pflegt, der für Kost und Logis die ganze Woche nicht mehr als zwanzig Schillinge bezahlt. Das Packet, sagte er, sei jedenfalls einem ganz zuverlässigen Boten übergeben worden. Ob es der Hausknecht, oder einer der Laufburschen, oder einer der Stiefel= putzer, oder ein Küchenmädchen, welches manchmal auch Gänge besorge, gewesen sei, das könne er freilich nicht beschwören, denn er sei ein Mann, der lieber den Tod erleiden als einen leichtsinnigen Eid schwören würde. Daß mit meinem Packet etwas vorgegangen sei, dies zu glauben, sei geradezu lächerlich. Wer würde sich die Mühe nehmen, einen Bogen altes Briefpapier zu stehlen? Dann fragte er noch, ob Geld in dem Packet gewesen sei, und als ich zugeben mußte, daß dies nicht der Fall gewesen, schlug er ein lautes Gelächter auf.

Da mir der Kellner nicht ordentlich Rede stand, so wendete ich mich nun einzeln an den Hausknecht, die Laufburschen, den Stiefelputzer und das Küchen= mädchen, wobei sich seltsamerweise herausstellte, daß von allen diesen Personen keine das Packet fortge=

tragen hatte. Der Hausknecht wußte gewiß, daß es durch ihn nicht geschehen war. Der Stiefelputzer war erbötig, dasselbe auf die Bibel zu beschwören, und das Küchenmädchen konnte sich gar nicht erinnern, daß von einem Packet die Rede gewesen sei, obschon sie im Staube war, mir einen peinlich umständlichen Bericht über die Ereignisse des Morgens zu erstatten — wo sie gewesen und was sie gethan und daß sie das Haus blos verlassen, um im Auftrage des Stubenmädchens ein Pfund Stärke zu holen.

Nun war ich überzeugt, daß hier ebenso wie bei Goodge eine Verrätherei stattgefunden hatte, und ich fragte mich, wem ich diese Verrätherei beimessen könnte.

Mein Verdacht fiel natürlich sofort auf Horatio Paget.

Und dennoch, war es nicht wahrscheinlicher, daß Theodor Judson sen. und Theodor Judson jun. die Hand im Spiele hatten, und mich belauerten und mir entgegenarbeiteten, um die Pläne meines Auftraggebers zu vereiteln?

Dies war die eine Frage, die ich mir vorlegte, während ich über diese geheimnißvolle Angelegenheit nachdachte. Hatten die Theodor Judsons Kenntniß von einer heimlichen Heirath, welche Matthew Haygarth geschlossen? Und argwohnten sie, daß unter den Nachkommen aus dieser Ehe ein rechtmäßiger Erbe existire?

Dies waren fernerweite Fragen, die ich mir vorlegte, und welche ich weit leichter aufzuwerfen als zu
beantworten fand.

Nachdem ich diese Fragen erwogen, ging ich zu
Miß Judson, versicherte ihr auf mein Wort als
Gentleman, daß das Packet von mir um halb elf Uhr
am vorigen Tage dem Kellner übergeben worden, und
verlangte das Couvert zu sehen. Man zeigte es mir.
Es war das von mir verwendete große blaue Couvert von starkem Papier mit der von meiner eigenen
Hand geschriebenen Adresse. In unserer Zeit aber,
wo die gummirten Couverts mode geworden, ist nichts
leichter, als einen Brief zu öffnen. Ich gelobte mir
im Stillen, nie wieder ein wichtiges Document dem
Schutze eines gummirten Papiers anzuvertrauen.

Ich zählte die Briefe, überzeugte mich selbst, daß
einer fehlte, und wollte nun ermitteln, welcher von
den Briefen entwendet worden sei.

Dies gelang mir aber nicht. Ich hatte zu meiner
eigenen Bequemlichkeit beim Fertigen meiner Auszüge
die Briefe, aus welchen ich abzuschreiben beabsichtigte,
vor Beginn meiner Arbeit numerirt. Diese mit Bleistift geschriebenen Zeilen waren in der Ecke der Adresse
eines jeden Briefs, den ich benutzt hatte, noch sichtbar. Ich fand jetzt, daß diese numerirten Briefe unberührt geblieben waren, und gewann auf diese Weise
die Ueberzeugung, daß der fehlende Brief einer von

denen war, aus welchen ich keinen Auszug entlehnt hatte.

Dies erweckte eine neue Befürchtung in mir. War es möglich, daß ich etwas übersehen, was wichtiger war als Alles, wovon ich Abschrift genommen?

Ich zermarterte mir das Hirn mit dem Bemühen, mir den Inhalt des einen fehlenden Briefs in's Gedächtniß zurückzurufen; obschon ich aber in jener socialen Gruft, Miß Judson's Empfangszimmer, so lange saß, daß mir beinahe das Blut zu Eis erstarrte, so konnte ich mich doch nicht besinnen, in denen, die ich als werthlos beiseite gelegt, etwas gelesen zu haben, was des Behaltens im Gedächtniß werth gewesen wäre.

Ich fragte Miß Judson, ob sie vielleicht Verdacht habe, wer das Packet heimlich geöffnet. Sie sah mich mit eisigem Lächeln an und antwortete in einem ironischen Tone, der noch erkältender war als die Atmosphäre ihres Zimmers:

„Fragen Sie nicht, ob ich weiß, wer mit diesen Briefen ein unerlaubtes Spiel getrieben, Mr. Hawkehurst. Sie verstehen außerordentlich gut, Ueberraschung zu affectiren, aber zum zweiten Mal lasse ich mich nicht täuschen. Schon als Sie das erste Mal kamen, hatte ich meinen Argwohn; Sie kamen aber mit einem Brief von meinem Bruder, und als Christin gebot ich meinem Argwohn Schweigen. Jetzt weiß ich, daß ich das Opfer eines Betrügers bin und daß ich, in-

dem ich diese Briefe Ihnen übergab, dieselben einem
Abgesandten und Werkzeug Theodor Judson's anver=
traute."

Ich betheuerte, daß ich niemals, so viel ich wüßte,
einen der beiden Theodor Judsons mit Augen ge=
sehen habe; die einmal von ihren Vorurtheilen ein=
genommene Verwandte dieser Herren schüttelte aber
den Kopf mit einem Lächeln, dessen eisiger Ausdruck
mich förmlich erbitterte.

„Zum zweiten Male laß ich mich nicht täuschen,"
sagte sie. „Wer anders als Theodor Judson könnte
Sie beauftragt haben? Wer anders als Theodor
Judson interessirt sich für die Haygarth'sche Hinter=
lassenschaft? Ja, von ihm ließ sich erwarten, daß er
da, wo seine eigenen Bemühungen nichts fruchteten,
einen Fremden zu Hülfe rufen, von ihm ließ sich er=
warten, daß er mich durch einen Miethling hinter's
Licht führen lassen würde."

Der wohlehrwürdige Jonas hatte mich mit dem
Prädicat „junger Mann" angeredet und Miß Judson
nannte mich jetzt ein „Werkzeug" und einen „Mieth=
ling". Ich wußte nicht recht, welche von diesen Be=
zeichnungen die unangenehmste sei, begann aber die
Ueberzeugung zu gewinnen, daß Kost und Logis in
der Gegenwart und imaginäre dreitausend Pfund in
der Zukunft keine angemessene Entschädigung für eine
solche Masse von Schimpf und Demüthigung sei.

Ich kehrte äußerst muthlos in mein Gasthaus zurück. Ich kam mir so erbärmlich vor, daß selbst die Wirkungen meiner Grippe mich in der socialen Waagschale kaum tiefer herabdrücken konnten. Ich schrieb einen kurzen, bündigen Brief über meine letzte Thätigkeit, sendete denselben an Georg Sheldon ab und setzte mich dann in meiner Krankheit und Verzweiflung so tief gebemüthigt nieder wie Ajax, als er fand, daß er sich auf eine Schafheerde anstatt auf eine Schaar Griechen gestürzt, so erbärmlich wie Hiob, als er in Staub und Asche saß, obschon ich zum Glück nicht von dem Chor des einen oder den Freunden des andern gepeinigt ward. In dieser Beziehung wenigstens war ich gegen beide im Vortheil.

13. October. Die Post des heutigen Morgens brachte mir ein kurzes Gekritzel von Sheldon. Er schreibt:

„Kommen Sie sofort nach London zurück. Ich habe die Registratur über Matthew Haygarth's Heirath gefunden."

Und somit kehre ich Ullerton den Rücken — mit welchem Gefühl von Erlösung, dies ist keine Sprache im Stande auszudrücken.

———

Sechstes Buch.

Die Erbin der Haygarths.

————

sation es gestattete — wollte er nach Bayswater
eilen und sich an dem netten eisernen Thore der gothischen Villa Philipp Sheldon's präsentiren.

Höchstwahrscheinlich war sie da, im Garten, seine
göttliche Charlotte, ein so herrliches, strahlendes Wesen,
daß der trübe Octobermorgen durch ihre Gegenwart
erhellt werden mußte — sie war da, glaubte er, und
sie bewillkommnete ihn mit jenem Lächeln, welches sie
so bezaubernd machte.

Dergleichen Gedanken hatten ihn während seiner
Heimreise beschäftigt, und im Vergleich mit der Wonne
solcher Visionen schien das Zeitungslesen und Butter-
bröbeschmausen, womit andere Passagiere sich die Zeit
vertrieben, ein armseliges Amüsement zu sein.

Als er aber in den rußigen Straßen angelangt,
während ein feiner Regen fiel, seine Schritte gen
Chelsea lenkte, begann das herrliche Bild sich zu ver-
düstern. War es nicht mehr als wahrscheinlich, daß
Charlotte zu dieser schauerlichen Jahreszeit von London abwesend sein, war es ferner nicht sehr wahrscheinlich, daß Philipp Sheldon ihn kalt empfangen
würde?

Mit diesen durchaus nicht ermuthigenden Mög-
lichkeiten vor sich versuchte Valentin, Miß Halliday's
Bild gänzlich aus seinem Gemüth zu verbannen und
die praktischere Seite seiner Angelegenheiten in's Auge
zu fassen.

„Ich möchte wissen, ob jener Schuft Horatio
Paget nach London zurückgekehrt ist," dachte er. „Was
soll ich zu ihm sagen, wenn er wieder da ist? Wenn
ich gestehe, ihn in Ullerton gesehen zu haben, so muß
ich mich darauf gefaßt machen, von ihm in Bezug
auf mein eigenes Vorhaben in jener Stadt aus=
gefragt zu werden. Vielleicht ist es am klügsten,
wenn ich gar nichts sage, sondern erst höre, was er
in Bezug auf sich selbst sagt. Ich glaube ganz be=
stimmt, er hat mich erkannt, als wir an jenem Abend
auf dem Perron, ohne einander anzureden, an einan=
der vorübergingen."

Horatio Paget war, als sein Secretär anlangte,
zu Hause.

Er saß in der ganzen häuslichen Solidität von
Schlafrock und Pantoffeln an seinem Kamin, mit einer
Zeitung auf dem Knie, einer kleinen mit einer
braunen Flüssigkeit gefüllten Flasche auf dem Tische
neben sich und einer leichten, wohlduftenden Cigarre
zwischen den Lippen.

Er empfing seinen jungen Freund sehr freundlich
und murrte blos ein wenig, daß derselbe vor seinem
Eintritt in das Zimmer nicht seinen durchnäßten
Ueberrock abgelegt hatte.

„Nun, Sie sind also von Dorking wieder da!"
sagte der Capitän.

M. E. Braddon, Raubvögel. III.

Er machte hier eine kleine Pause und sah seinen
jungen Freund mit boshaft lächelndem Blick an.

„Wie befand sich denn die alte Tante?" fragte
er dann weiter. „Wird sie bald abfahren und dann
etwas Anständiges hinterlassen, wie? Nur diese Erwartung kann es Ihnen möglich gemacht haben, so
lange in einem so erbärmlichen Nest wie Dorking zu
verweilen."

„Ja," antwortete Mr. Hawkehurst ein wenig ungeduldig, denn seine schlimmsten Befürchtungen wurden durch das Benehmen seines Gönners bestätigt,
„es war ein wenig langweilig."

„Das will ich glauben. Bejahrte Leute sind stets
langweilig, besonders wenn sie die Welt nicht kennen.
Männer und Frauen von Welt besitzen dagegen eine
ewige Jugend. Sentimentale Kopfhänger schwatzen
viel von der Frische und Reinheit eines Gemüths,
welches sich von jeder Gemeinschaft mit der Welt
frei erhalten hat, aber das ist der größte Unsinn.
Madame Dudessand mit achtzig und Horaz Walpole
mit sechzig Jahren sind munter wie die Kinder. Der
achtzigjährige Voltaire ist der angenehmste Mensch,
den es geben kann. Man nehme dagegen Chymon
und Daphne, wenn sie alt sind, von ihren Heerden
und aus ihren Hirtenthälern hinweg und man wird
sehen, was für abgelebte alte Dummköpfe es sind.
Ja, ich bezweifle nicht, daß Sie Ihre alte Tante in

Dorling langweilig fanden. Ziehen Sie Ihren nassen Ueberrock aus und tragen Sie ihn hinaus, dann lassen Sie heißes Wasser bringen. Sie werden diesen Cognac sehr fein finden. Wollen Sie eine Cigarre rauchen?"

Der Capitän präsentirte mit dem freundlichsten Lächeln sein Juchtenetui. Es war ein sehr schönes Etui. Capitän Paget war ein Mann, der im letzten Stadium von Schäbigkeit in irgend eine unbekannte Tiefe des socialen Oceans hinabsteigen und, während seine Bekannten sich zu der Thatsache seines Verschwindens Glück wünschten, plötzlich, mit allen Bedürfnissen und Luxusgegenständen des civilisirten Lebens ausgestattet, an einer Stelle, wo man es gar nicht gedacht, wieder auftauchen konnte.

Nie hatte Valentin Hawkehurst seinen Gönner in freundlicherer, angenehmerer Stimmung gefunden als diesen Abend, und nie hatte er sich geneigter gefühlt, ihm zu mißtrauen.

„Und was haben Sie während meiner Abwesenheit gemacht?" fragte der junge Mann nach einer Weile. „Giebt es vielleicht wieder eine neue Actiengesellschaft zu organisiren?"

„Ja, ich bin in der Provinz ein wenig für eine neue Lebens- und Feuerversicherungsgesellschaft thätig gewesen. Das System derselben ist gar kein schlechtes, dafern wir nur Leute finden können, welche

*7

Scharfsinn genug besitzen, um die Vorzüge des Pro-
jects einzusehen, und die den Muth haben, ihr Ca-
pital zu riskiren. Man kann aber in der Provinz
nicht viel ausrichten. Ich bin in einigen Städten
der Centraldistricte, in Beauport, Mudborough und
Ullerton gewesen, habe aber überall nicht viel machen
können."

Die erheuchelte Unbefangenheit und Unschuld, womit der Capitän dies sagte, war unübertrefflich. Ob
er ein Rolle spielte, oder ob er wirklich die Wahrheit
sprach, dies war eine Frage, die selbst ein klügerer
Mann als Valentin Hawkehurst sich außer Stande
gesehen hätte zu beantworten.

Die beiden Männer saßen rauchend und plaudernd
bis spät in die Nacht hinein, heute Abend aber fand
Valentin, daß die Conversation seines Führers, Phi-
losophen und Freundes ihm höchst widerwärtig war.

Jene cynische Weltanschauung, die ihm vor nicht
langer Zeit die einzige mit Klugheit und Erfahrung
vereinbare zu sein geschienen, widerstritt jetzt dem
feineren Gefühl, welches in der ruhigen, beschaulichen
Existenz, die er in der letzten Zeit geführt, erwacht
war. Er war gewohnt gewesen, sich an Capitän
Paget's grimmiger Erbitterung gegen eine Welt zu
weiden, die ihn nicht mit einem Haus in Carlton
Gardens und einem Sitz im Cabinet versorgt hatte,
heute Abend aber empörte ihn der Ton und die

Ausdrucksweise des edeln Horatio. Die boshaften Bemerkungen gegen achtbare Leute und achtbare Vorurtheile, womit der Capitän seine Reden spickte, hatten etwas Unheimliches. Sie glichen den Worten eines Teufels, der einmal ein Engel gewesen, die Hoffnung aber, je wieder in seinen Engelszustand versetzt zu werden, vollständig aufgegeben hat.

„An nichts zu glauben, nichts zu achten, nichts zu hoffen, nichts zu fürchten, das Leben als so und so viele Jahre zu betrachten, während welcher man, um gut leben und feine Röcke tragen zu können, Projecte und Lügen machen muß, dies ist wohl der elendeste Zustand und die vollständigste Entwürdigung," dachte der junge Mann, während er am Feuer saß, seine Cigarre rauchte und träumerisch seinem Freunde zuhörte. „Dann ist eine Rebekka Habgarth besser, die allerdings auch engherzig und egoistisch ist, aber doch stets über ihr enges Leben hinaus in eine dunkel geahnte Zukunft blickt."

Er war froh, als er sich endlich von der Gesellschaft des Capitäns losmachen und sich in sein Schlafzimmer zurückziehen konnte, wo er nach den Strapazen des Tages bald einschlief und von den Habgarths und Charlotte Hallibay träumte.

Zeitig am nächsten Morgen war er wieder wach; als er aber in das Wohnzimmer hinunterkam, sah er seinen Gönner schon mit den Times vor einem muntern Feuer sitzen, während seine goldene Jagduhr geöffnet auf dem Frühstückstische lag und ein paar frische Eier in einer kleinen Pfanne auf dem Dreifuß ein angenehmes summendes Geräusch machten.

„Aus Eiern machen Sie sich nicht viel, Valentin, wie ich weiß," sagte der Capitän, indem er die Pfanne vom Dreifuß nahm.

Er hatte einmal den jungen Mann sich mißfällig über ein Ei aussprechen hören, welches man der brütenden Henne ein wenig zu spät weggenommen hatte; dabei aber wußte er sehr wohl, daß gegen gute, frische Eier Mr. Hawlehurst keine specielle Antipathie hegte.

Aber selbst bei einer so geringfügigen Kleinigkeit wie ein frischgelegtes Ei verstand der Capitän sein eigenes Interesse wahrzunehmen.

„Hier ist auch ein Stück von jener italienischen Bratwurst, die Sie so gern essen, mein lieber Sohn," sagte er freundlich, indem er auf eine Substanz von hornartigem Aussehen zeigte. „Ich will den Kaffee einschenken. Es hat mit allen Dingen seine eigene Bewandtniß, und die Klarheit des Kaffees hängt zum großen Theil von der Art und Weise ab, auf welche er eingeschenkt wird."

Unter dieser Versicherung füllte Capitän Paget mit sorgfältiger Hand und feierlicher Miene zunächst seine eigene große Frühstückstasse. Wenn er bei dem

Einschenken der zweiten Tasse etwas weniger sorgfältig zu Werke ging und hierbei ein wenig „Satz"
mit unterlaufen ließ, so achtete doch Valentin Hawkehurst weiter nicht darauf.

„Versuchen Sie diese italienische Bratwurst," sagte
der Capitän, indem er sein zweites Ei vom Teller
nahm.

„Nein, ich danke," antwortete Valentin. „Die
Wurst sieht mir zu sehr wie ein Ladenhüter aus und
enthält überdies mehr Knoblauch, als ich zu genießen
wünsche."

„Sie sind ziemlich wählerisch geworden," sagte
der Capitän. „Man sollte meinen, Sie wollten heute
einen Besuch bei Damen machen."

„Auf meiner Besuchsliste stehen nicht viel Damen.
Apropos, was macht Diana? Haben Sie dieselbe in
der letzten Zeit gesehen?"

„Nein," antwortete der Capitän sofort. „Ich
bin von meiner Reise in die Provinz erst vor einigen
Tagen zurückgekehrt und habe noch keine Zeit gehabt,
ihr meine Aufwartung zu machen. Ohne Zweifel
befindet sie sich vollkommen wohl. Sie hat es in
Sheldon's Hause sehr gut und kann froh sein, daß
sie dort ist."

Nachdem der Capitän Paget sein Zeitungsblatt
überflogen, erhob er sich und zog seinen Rock an.
Den Hut setzte er vor dem Spiegel auf und ging

dabei mit der Sorgfalt zu Werke, wodurch·er sich bei Erfüllung aller jener kleinen Pflichten auszeichnete, die er sich selbst schuldig war.

„Und was werden Sie denn heute mit sich anfangen, Valentin?" fragte er den jungen Mann, welcher mit übergeschlagenen Beinen dasaß und mit stierem Blick in's Feuer schaute.

„Ich weiß es selbst nicht recht," antwortete Hawkehurst heuchlerisch. „Ich glaube, ich werde nach Gray's Inn gehen und Georg Sheldon einen Besuch machen."

„Sie speisen doch nicht zu Hause?"

Es war dies eine höfliche Manier, Mr. Hawkehurst zu sagen, daß es für ihn heute zu Hause nichts zu speisen gäbe.

„Ja, wahrscheinlich. Sie wissen, daß ich es in diesem Punkte nicht so genau nehme. Mir ist Alles recht. Ich setze mich mit zu einem Bankt in London Tavern nieder, begnüge mich aber auch mit einer Schinkensemmel und einem Glas Bier."

„Ja, die Jugend ist hierin noch nicht verwöhnt. Wahrscheinlich werde ich Sie, wenn ich heute Abend wiederkomme, schon zu Hause antreffen. Ich glaube, ich werde in der City diniren. Au plaisir."

„Mit dem „Plaisir" wird es nicht viel werden," murmelte Mr. Hawkehurst. „Du bist ein sehr liebenswürdiger Mann, mein Freund Horatio, es kommt aber in dem Leben des Menschen eine Krisis, wo er fühlt, daß er an Dir nun genug hat. Arme Diana! Welch ein Vater!"

Valentin verschwendete jedoch keine lange Zeit an weitere Betrachtungen über seinen Gönner, sondern machte sich sofort auf den Weg nach Grah's Inn. Nach der gothischen Villa zu gehen, war es noch zu zeitig, sonst hätte er gern seine Schritte zunächst dort= hin gelenkt. Auch konnte er dort nicht wohl er= scheinen, ohne irgend einen Vorwand zu haben.

Deshalb ging er nach Grah's Inn, sprach aber auf dem Wege dahin in einer Taverne nicht weit vom Strand ein, welche das Hauptquartier eines unter dem Namen der „Ragamuffins" oder „Lumpe" bekannten literarischen Vereins war.

Er war so glücklich, hier einem Bekannten in der Person eines „Ragamuffin" zu begegnen, welcher für die Bühne schrieb und eben mit großem Vergnügen die scharf abfällige Kritik über ein am Abend vorher aufgeführtes Stück eines Concurrenten las.

Von diesem Gentleman erhielt Mr. Hawkehurst ein Logenbillet in ein Westend=Theater, und mit diesem mystischen Document bewaffnet fühlte er sich fähig, kühn und zuversichtlich in Mr. Philipp Sheldon's Hause zu erscheinen.

„Wird sie sich freuen, mich wiederzusehen?" fragte er sich. „Ach, vielleicht hat sie mich mittlerweile ver= gessen. Vierzehn Tage sind für gewisse Frauen eine

Ewigkeit, und ich glaube, Charlotte Halliday ist ge=
rade eins von jenen schönen Wesen, welche leicht Ein=
drücke in sich aufnehmen, aber auch leicht vergessen.
Ich möchte wissen, ob sie wirklich jener „Molly"
ähnlich sieht, deren Miniaturbildniß von Mrs. Hay=
garth in dem Tulpenblattbureau gefunden ward, oder
ob die Aehnlichkeit zwischen diesen beiden Gesichtern
nur eine thörichte Einbildung von mir ist."

Valentin ging die ganze Strecke von Chelsea bis
Gray's Inn zu Fuße, und es war daher Mittag,
als er bei Georg Sheldon erschien, der an seinem
Pult saß, den riesigen Stammbaum der Haygarths
aufgeschlagen vor sich liegen hatte und in den Inhalt
eines Notizbuches versunken war.

Als Valentin eintrat, blickte er von seinem Notiz=
buch empor, hörte aber nicht auf, an dem Ende seines
Bleistifts herumzukauen, während er dem rückkeh=
renden Wanderer ein Willkommen zumurmelte. Man
weiß bereits, daß die Brüder Sheldon das, was sie
dachten, nicht auf stürmische oder geräuschvolle Weise
zu erkennen gaben.

Nach dieser einfachen Begrüßung fuhr der Jurist
im Studium seines Notizbuchs noch einige Minuten
weiter fort, während Valentin in einem schwerfälligen,
mit Leder überzogenen Armstuhl am Kamin Platz
nahm.

„Nun, mein junger Freund," rief Mr. Sheldon

endlich, indem er sein Buch triumphirend zuschnappte, „ich glaube, Sie sind auf dem Wege, Ihr Glück zu machen, und Sie können Ihrem Glücksstern danken, daß er Sie mir in den Weg geführt hat."

„Mein Glücksstern hat für mich bis jetzt noch nicht viel gethan," antwortete Valentin kaltblütig. „Uebrigens, wenn ich auf dem Wege bin, mein Glück zu machen, so sind S i e dies erst recht, mein lieber Georg, und Sie brauchen daher mir gegenüber nicht so sehr den Gönner und Wohlthäter zu spielen. Wie haben Sie denn das Certificat über die Verheirathung der grauäugigen Molly ausgewittert?"

Georg Sheldon betrachtete seinen Gehülfen mit bewundernbem Blick.

„Ja, es ist mir vergönnt gewesen, mich des Beistandes kaltblütiger Gehülfen zu erfreuen, Mr. Hawkehurst, und Sie sind ganz gewiß so ziemlich der kaltblütigste davon — ausgenommen einer. Doch das gehört nicht hierher. Ich habe das Protokoll über Matthew Haygarth's Heirath gefunden und nach meiner Ansicht ist die Erbschaft so gut wie unser."

„Ja, diese Vögel auf dem Dache haben ein sehr glänzendes Gefieder, aber der schlichte Sperling in der Hand ist mir lieber. Indessen ist es mir immer lieb, daß es mit unseren Angelegenheiten vorwärts geht. Wie entdeckten Sie denn das Document?"

„Nicht ohne große Mühe, das kann ich Ihnen sagen.

Natürlich war meine Idee von einer heimlichen Heirath im besten Falle weiter nichts als eine plausible Hypothese, und ich durfte mir kaum mit der Hoffnung schmeicheln, daß sie sich als eine Trumpfkarte erweisen würde. Meine Voraussetzung gründete sich auf zwei oder drei Thatsachen, nämlich den Charakter des jungen Mannes, sein langes Verweilen in London, fern von achtbaren Verwandten und Freunden, und den außerordentlichen Zustand der Ehegesetze zu der Zeit, in welcher unser Mann lebte."

„Ja wohl, das war die Hauptsache."

„Das wollte ich meinen. Ich nahm mir, ehe Sie nach Ullerton gingen, die Mühe, die Geschichte der Mayfair- und Fleet-Heirathen zu studiren, und prüfte alle Beweise, deren ich in dieser Beziehung habhaft werden konnte. Ich machte mich mit dem wohlehrwürdigen Alexander Keith von Mayfair bekannt, der heimliche Heirathen unter den damaligen Elegants in Schwung brachte, ebenso auch mit Dr. Gaynham, der unter den Spitznamen „Bischof der Hölle" bekannt war, und mit noch mehreren Herren desselben Kalibers. Das Ergebniß meiner Forschungen überzeugte mich, daß in jenen Tagen ein junger Wüstling es schwieriger gefunden haben muß, dem Heirathen aus dem Wege zu gehen als es fertig zu bringen. Er konnte vermählt werden, wenn er betrunken war; er konnte vermählt werden, wenn er noch nicht von einer nächtlichen Schwelgerei und Rauferei ordentlich ausgeschlafen hatte; ein Anderer konnte seinen Namen annehmen und sich für ihn ausgeben, und er selbst sah sich dann an eine Frau gefesselt, die er niemals gesehen. Oder wenn er seinerseits ein schlauer Betrüger war, so konnte er sich ein Attest über eine Trauung verschaffen, die niemals stattgefunden hatte, denn es gab wenig Freundschaftsdienste, welche die Geistlichen von Fleetstreet sich geweigert hätten ihren Clienten zu leisten — natürlich gegen ein gutes Geschenk."

„Aber wie stand es mit der gesetzlichen Gültigkeit einer sogenannten Fleet-Heirath?"

„Das ist eben der Haken. Vor Erlaß des neuen Ehegesetzes im Jahre 1753 war eine Fleet-Heirath unauflöslich. Sie war eine gesetzwidrige Handlung und die betreffenden Personen konnten deswegen bestraft werden, der Gordische Knoten selbst aber war eben so fest, als wenn er auf die orthodoxeste Weise geschürzt worden wäre. Die große Schwierigkeit war nach meiner Ansicht das onus probandi. Die Heirath konnte stattgefunden haben, die Heirath konnte in jeder Beziehung eine gültige sein, wie aber sollte man einen unwiderleglichen Beweis in Bezug auf eine solche Ceremonie beibringen, während alle Ceremonien dieser Art mit einer offenkundigen Rücksichtslosigkeit und mit gänzlicher Nichtbeachtung der gesetzlichen Be-

stimmungen vollzogen wurden? Selbst wenn ich ein
anscheinend gutes Certificat fand, wie sollte ich beweisen, daß es nicht eins jener lügenhaften Documente
über Heirathen war, die niemals stattgefunden hatten?
Ferner, welche Art von Kirchenbüchern oder Registraturen konnte die Nachwelt von jenen theologischen
Abenteurern erwarten, von welchen nur sehr wenige
richtig orthographisch schreiben konnten und von welchen die meisten sich fast fortwährend im Zustand der
Trunkenheit befanden? Sie vermählten zuweilen Leute
blos nach ihren Taufnamen — sehr oft auch unter
angenommenen Namen. Welche Rücksicht nahmen sie
auf rechtmäßige Erben in der Zukunft, wenn sie unter
dem überwältigenden Einfluß einer Branntweinflasche
in der Gegenwart standen? An alles dies dachte ich,
und ich war halb geneigt, an der Verwirklichung
meiner Idee in Bezug auf eine frühere Heirath zu
verzweifeln. Ich nahm für ausgemacht an, daß ein
solches geheimes Geschäft wahrscheinlicher in den Um-
kreisen des Fleet als sonstwo stattgefunden habe, und
da ich keine besondere Fährte hatte, so begann ich
damit, daß ich alle mir zugänglichen auf solche Heirathen bezüglichen Documente prüfte."

„Das muß aber eine mühsame Arbeit gewesen sein."

„Ja, die war es," antwortete Georg Sheldon,
indem er ein Stöhnen unterdrückte, welches durch die

Erinnerung an eine überstandene Marter erweckt ward.
„Ich brauche nicht auf alle Details einzugehen —
ich brauche nicht zu erzählen, an welche Leute ich mich
wenden mußte, um Erlaubniß zur Durchsicht dieser
Papiere zu erhalten, und welche Beredsamkeit ich auf=
bieten, welche Hartnäckigkeit und Dummheit ich be=
siegen mußte, ehe ich mit meiner Nachforschung zu
Stande kam. Das Ergebniß war nihil, und nachdem
ich gearbeitet wie ein Galeerensclave, hatte ich eben
so wenig gewonnen, als da ich das Werk begann.
Ihre Auszüge aus Matthew's Briefen führten mich
aber auf eine neue Fährte. Ich zog daraus den
Schluß, daß wirklich eine Heirath stattgefunden habe
und daß dieselbe von Seiten des jungen Mannes ein
wohlüberlegter Schritt gewesen sei. Deshalb begann
ich zu thun, was ich sogleich hätte thun sollen, das
heißt, ich suchte in allen Kirchenbüchern nach, die in=
nerhalb eines gewissen Umkreises gewisser Localitäten
zu finden waren. Mit Clerkenwell begann ich, denn
nach jenem Briefe Rebekka's hatte unser Freund sehr
glückliche Jahre in dieser Umgebung verlebt. Nach=
dem ich aber in sämmtlichen alten Kirchen innerhalb
einer Meile von St. John's Gate nachgesucht, kam
ich zu der Ueberzeugung, daß in keiner derselben auch
nur eine Nachricht über Matthew Haygarth's Exi=
stenz, viel weniger über eine von ihm geschlossene
Ehe zu finden sei. Ich wendete deshalb Clerkenwell

den Rücken und ging südwärts nach der Nachbarschaft des Marshalsea-Gefängnisses, wo Molly's Vater eine Zeit lang gefangen saß, und von wo aus sie daher leicht ihre Carrière als Ehefrau begonnen haben konnte. Diesmal hatte ich gut gerathen. Nachdem ich die Registraturen von St. Olav, St. Saviour und St. Georg nachgeschlagen und mehr Schillinge zu Geschenken an Küster verwendet, als ich zusammen= rechnen mag, stieß ich endlich auf ein Document, welches nach meiner Ansicht dreitausend Pfund für Sie und — und — eine sehr anständige Summe für mich werth ist."

„Ich bin neugierig, was für Farbe unser Haar hat, ehe wir dieses Geld einstreichen," sagte Valentin nachdenklich. „Dergleichen Fälle finden gewöhnlich den Weg in das Kanzleigerichts=Gäßchen — nicht wahr? — jenes Gäßchen, welches für so viele unglückliche Wan= derer keinen andern Ausgang hat als den, welcher in's Grab führt. Sie scheinen auf sehr guter Laune zu sein, und ich sollte mich wahrscheinlich auch ein wenig erfreut fühlen. Dreitausend Pfund wären für mich ein guter Anfang und würden mich in den Stand setzen, in der für mich ganz neuen Rolle eines acht= baren, Zins und Steuern bezahlenden Bürgers auf= zutreten. Eine geheime Ahnung aber sagt mir, daß diese meine Hand den Preis des Sieges nie berüh= ren, oder, mit einfacheren Worten, daß für mich oder

die Meinigen aus den hunderttausend Pfund des
wohlehrwürdigen ab intestato verstorbenen Herrn nie
ein reeller Gewinn erwachsen wird."

„Sie sind doch ein abscheulicher krächzender Un=
glücksrabe!" rief Georg Sheldon. „Sie kommen hier=
her, gerade als nach zehnjähriger Mühe und zehn=
jährigen getäuschten Erwartungen die Dinge eine
günstige Wendung nehmen, und nun fangen Sie an,
ein Gewinsel über Kanzleigerichtsprocesse anzustimmen.
Das ist eine neue Saite, die Sie angeschlagen haben,
Hawkehurst, und ich kann Ihnen sagen, daß es keine
angenehme ist."

„Na, ich glaube selbst, ich hätte so etwas nicht
sagen sollen," antwortete Valentin im Tone der Ent=
schuldigung; „es giebt aber einmal im Leben des
Menschen Tage, wo zwischen ihm und Allem, was er
ansieht, eine schwarze Wolke zu schweben scheint. Mir
ist es heute so. Ich fühle, wie sich mir gleichsam das
Herz zuschnürt, ich empfinde ein drückendes Gefühl,
was sowohl geistig als körperlich sein kann, aber dessen
ich mich nicht zu erwehren vermag. Wenn Jemand
von Chelsea bis nach Holborne neben mir hergegan=
gen wäre und mir bei jedem Schritt schlimme Pro=
phezeiungen in's Ohr geflüstert hätte, so könnte ich
mich jetzt nicht entmuthigter fühlen, als es eben der
Fall ist."

„Was haben Sie zum Frühstück genossen?" fragte

Mr. Sheldon ungeduldig. „Wahrscheinlich ein zähes Beefsteak in einem elenden Speisehause. Bürden Sie die Folgen unverdaulicher Diät nicht mir auf. Mir zu sagen, daß zwischen Ihnen und Allem, was Sie ansehen, eine schwarze Wolke schwebe, dies ist blos eine sentimentale Art und Weise, mir zu verstehen zu geben, daß Sie an der Galle leiden. Bitte, seien Sie praktisch und lassen Sie uns die Dinge von der geschäftlichen Seite betrachten. Hier ist Anhang A., eine Abschrift der Registratur über die Vermählung Matthew's Haygarth von Clerkenwell in der Grafschaft Middlesex, mit Mary Murchison, von South= wark in der Grafschaft Surrey, und hier ist Anhang B., eine Abschrift der Registratur über die Vermählung William's Meynell von Smithfield in der Grafschaft Middlesex mit Caroline Mary Haygarth von Highgate in derselben Grafschaft."

„Dann haben Sie also das Protokoll über eine zweite Haygarth'sche Ehe gefunden?"

„Allerdings. Das „C." in Matthew's Briefen ist die hier bezeichnete Caroline Mary, die Tochter und Erbin von Matthew Haygarth. Ohne Zweifel ward sie Caroline nach Ihrer Majestät der Gemahlin Georg's des Zweiten und Mary nach der Molly *) getauft,

---

*) Mary und Molly sind im Englischen ein und der= selbe Name.   Anm. d. Uebers.

deren Bild in dem Tulpenblattbureau gefunden ward. Das Meynell-Certificat war ziemlich leicht zu finden, denn die Briefe sagten mir, daß Miß C.'s Freier einen Vater hatte, der in Aldersgatestreet wohnte, und zwar einen Vater, der mit der Wahl seines Sohnes einverstanden war. Der Bürger von Aldersgate hatte ein eigenes Haus und nahm eine weit solidere sociale Stellung ein, als der arme, schwache Schleicher Matthew. Es war daher ganz natürlich, daß die Heirath in dem Meynell'schen Hause gefeiert ward. Nachdem ich dies erwogen, brauchte ich blos in den Registraturen einer gewissen Anzahl Kirchen um Aldersgatestreet herum nachzusehen, um zu finden, was ich suchte, und nach ungefähr anderthalb Tagen angestrengter Arbeit fand ich wirklich das unschätzbare Document, welches mich der Gegenwart um eine Generation näher und auf den richtigen Weg zur Entdeckung meines rechtmäßigen Erben führt. Ich suchte in derselben Registratur nach Kindern der vorgenannten William und Caroline Mary Meynell, fand aber keine Nachricht über dergleichen Kinder und eben so wenig einen ferneren Eintrag auf den Namen Meynell. Wir müssen jedoch noch andere Registraturen in der Nähe von Aldersgatestreet nachschlagen, ehe wir die Idee aufgeben, solche Einträge in der Nachbarschaft zu finden."

„Und worin soll der nächste Schritt bestehen?"

„Wir müssen alle Nachkommen von diesem Wil=
liam und dieser Caroline Mary Meynell aufspüren,
mögen diese Nachkommen zu finden sein wo sie wol=
len. Mit der Fährte der Haygarths und Judsons
haben wir nichts mehr zu schaffen, sondern nun ein
neues Revier zu durchstöbern."

„Gut," rief Valentin in etwas heitererm Tone.
„Wie soll das neue Revier durchstöbert werden?"

„Wir müssen von Aldersgatestreet ausgehen. Mey=
nell von Aldersgatestreet muß ein angesehener Mann ge=
wesen sein und es müßte hart hergehen, wenn wir nicht
in den alten topographischen Geschichten der einzelnen
Stadttheile, wie sie noch hier und da vorhanden sind,
irgend eine Notiz fänden. Wir müssen alle dergleichen
Bücher aufspüren, und wenn wir im Besitz aller Auf=
schlüsse sind, welche wir aus Büchern schöpfen können,
müssen wir uns auf mündliche Erkundigungen ein=
lassen, die in solchen Fällen oft die werthvollsten sind."

„Das bedeutet eine abermalige Aufsuchung alter
Schwätzer — bitte um Entschuldigung — ältester Ein=
wohner," sagte Valentin gähnend. „Na, ich glaube,
dieses alte Individuum ist, wenn es innerhalb des Ge=
räusches einer großen Stadt lebt, weniger stumpfsinnig,
als wenn es an den öden Grenzen einer kleinen Fa=
brikstadt vegetirt. Wo soll ich nun meine neuen acht=
zigjährigen Greise suchen und meine Operationen mit
ihnen beginnen?"

„Je eher Sie beginnen, desto besser wird es sein,"
entgegnete Mr. Sheldon. „Ich habe schon alle vor=
bereitenden Schritte für Sie gethan und Sie werden
das Geschäft schon leidlich in Gang finden. Ich habe
eine Liste von gewissen Leuten aufgesetzt, welche es
der Mühe verlohnen wird zu sprechen."

Mr. Sheldon suchte unter den zahlreichen, auf
dem Tische liegenden Documenten ein Papier hervor.

„Hier sind sie," sagte er; „John Grewter, Con=
tobücher= und Papierhändler en gros, Aldersgatestreet;
Anthony Sparsfield, Holzbildhauer und Vergolder in
Barbican. Dies sind, so weit ich ermitteln kann,
die zwei ältesten Geschäftsleute in Aldersgatestreet,
und von diesen werden Sie jedenfalls etwas über den
alten Meynell erfahren können. Ich fürchte in Be=
zug auf die Meynells weiter nichts als die Möglich=
keit, daß wir deren mehr finden als wir brauchen,
und daß es uns deshalb einige Mühe kosten wird,
sie alle richtig zu rangiren."

„Dann werde ich gleich morgen früh meinen
Freund, den Papierhändler, attaquiren," sagte Valentin.

„Sie werden besser thun, wenn Sie erst Nachmittags
zu ihm gehen, wo das Geschäft des Tages ziemlich vor=
über ist," entgegnete der kluge Sheldon. „Und nun,
lieber Hawkehurst, haben Sie weiter nichts zu thun,
als mit Eifer und Geduld an's Werk zu gehen. Wenn
Sie in London Ihre Sache eben so gut machen, wie

Sie dieselbe in Ullerton gemacht haben, so werden
wir beide keinen Grund haben, uns zu beklagen. Auf
die Wichtigkeit der Geheimhaltung brauche ich Sie
nicht erst aufmerksam zu machen."

· „Nein," entgegnete Valentin, „das weiß ich selbst."

Er erzählte hierauf Georg Sheldon die Begeg=
nung mit Capitän Paget auf dem Perron in Uller=
ton und von dem Argwohn, der in ihm durch den An=
blick des Handschuhs in Goodge's Zimmer erweckt
worden.

Der Advocat schüttelte den Kopf.

„Die Idee wegen des Handschuhs ist ein wenig
weit hergeholt," sagte er nachdenklich, „die Begeg=
nung auf der Station aber will mir nicht recht ge=
fallen. Mein Bruder Philipp ist, was listiges Ma=
növeriren betrifft, zu Allem fähig, und ich schäme
mich nicht zu gestehen, daß ich ihm hierin nicht ge=
wachsen bin. Er war eines Tags hier, als ich den
Stammbaum der Haygarths auf dem Tisch ausge=
breitet hatte, und er roch sofort Lunte. Wir müssen
uns vor ihm in Acht nehmen, Hawkehurst, und uns
mit unserem Werk beeilen, wenn wir nicht wollen,
daß er uns zuvorkomme."

„Ich werde nicht säumen," entgegnete Valentin.
„Die Geschichte dieser Haygarths interessirte mich; es
lag etwas Romantisches darin, wissen Sie. An der
Meynell=Jagd finde ich nicht so viel Geschmack, glaube

aber, ich werde mich, so wie ich mich erst ein wenig hineingearbeitet habe, auch dafür interessiren. Soll ich übermorgen wiederkommen und Ihnen meine Aben= teuer erzählen?"

„Ich glaube, es wird besser sein, wenn Sie bei der alten Methode bleiben und mir das Ergebniß Ihrer Bemühungen in der Form eines Tagebuchs mittheilen," antwortete Sheldon.

Damit trennten sich die beiden Männer.

Es war jetzt halb drei Uhr. Ehe Valentin die gothische Villa des Börsenspeculanten erreichen konnte, ward es wenigstens halb Vier, und diese Stunde war sehr günstig, um Mrs. Sheldon eine Loge für das neue Stück anzubieten.

Ein Omnibus, welcher langsam fuhr wie eine Schnecke, und wie Valentin glaubte, öfter anhielt als je ein irdischer Omnibus gethan, brachte ihn nach Bayswater. Endlich erschien das welke Laub des Parks zwischen den Hüten der gegenübersitzenden Mit= passagiere Valentin's.

Selbst diese halbentblätterten Bäume erinnerten ihn an Charlotte. Unter dem Schatten derselben hatte er sich von ihr getrennt, und nun sollte er das schöne jugendliche Antlitz wiederum schauen. Er war unge= fähr vierzehn Tage von London entfernt gewesen, in Bezug auf Miß Halliday aber kamen ihm diese vier= zehn Tage vor wie ein halbes Jahrhundert.

Goldblumen und chinesische Astern schmückten Mr. Sheldon's netten kleinen Garten und die Spiegel= glasfenster seines Hauses strahlten von dem gewohnten Glanze. Es war ein Haus, wie man deren unter Glas und Rahmen in Auctionsbureaus sieht — das grünste Gras, die blauesten Fenster, die rothesten Zie= gelsteine, die weißesten Trottoirplatten.

„Es ist ein Haus, welches mir ohne das süße Geschöpf, welches darin lebt, im höchsten Grade zu= wider wäre," dachte Valentin bei sich selbst, während er an dem eisernen Thor wartete, welches hellblau angestrichen und mit goldenen Arabesken verziert war.

Vergebens versuchte er einen Schimmer von irgend einer weiblichen Gestalt in dem kleinen Garten zu erhaschen. Kein flatterndes rothes Kleid und keine wehende rothe Feder verkündete die Gegenwart der Göttin. Das zierliche Hausmädchen meldete ihm, Mrs. Sheldon sei zu Hause, und fragte, ob er die Güte haben wolle in den Salon zu gehen.

Ob er die Güte haben wollte? Wäre er nicht bereit gewesen, selbst in einen feurigen Ofen zu gehen, dafern er nur Aussicht gehabt hätte, Charlotte Hal= libah in den Flammen zu begegnen.

Er folgte dem Mädchen in Mrs. Sheldon's tabel= loses Gemach, wo die Parabebücher auf dem Parabe= tisch in den gewöhnlichen mathematisch richtigen Ent= fernungen von einander lagen und wo die fleckenlosen

Spiegel und die überall vorherrschende französische
Politur dem Zimmer etwas Frostiges mittheilten.

Ein frisch angezündetes Feuer brannte auf dem
blanken Stahlrost, und eine einzige weibliche Gestalt
saß an dem breiten Spitzbogenfenster über eine Näh=
arbeit gebückt.

Es war die Gestalt Diana Paget's, und sie war
ganz allein im Zimmer.

Valentin entsank ein wenig der Muth, als er die
einsame Gestalt sah und gewahrte, daß es nicht die
war, die er liebte.

Diana blickte von der Arbeit auf und erkannte
den Besuch.

Ihr Gesicht ward roth und dann sofort wieder
blaß, aber Valentin bemerkte dieses für ihn so schmei=
chelhafte Symptom nicht.

„Wie geht es Ihnen, Diana?" fragte er. „Hier
bin ich wieder, wie Sie sehen, gleich dem sprichwört=
lichen falschen Schilling. Ich bringe Mrs. Sheldon
ein Billet in das Princeß=Theater."

„Sie sind sehr freundlich, ich glaube aber nicht,
daß sie davon Gebrauch machen wird; sie klagte diesen
Nachmittag über Kopfweh."

„O, wenn sie vom Theater hört, dann wird sie
ihr Kopfweh schon vergessen. Sie gehört zu den
Frauen, die stets bereit sind, in's Theater oder in
ein Concert zu gehen. Ueberdies hat vielleicht Miß

Halliday Luſt, zu gehen, und dieſe wird ihre Mama
mit leichter Mühe überreden. Wen würde ſie nicht
überreden?" ſetzte Mr. Hawkehurſt bei ſich ſelbſt
hinzu.

„Miß Halliday iſt verreiſt," entgegnete Diana kalt.

Dem jungen Mann war es, als ob ſein Herz
ſich plötzlich in Blei verwandelte, ſo ſchwer ſchien es
zu werden. Wie thöricht, daß er der Sclave dieſer
ſchönen Tyrannin war — er, der ſich bis noch vor
Kurzem jedes innigen Gefühls und jeder tiefen Regung
unfähig geglaubt hatte.

„Verreiſt?" wiederholte er mit dem unverhohlenen
Ausdruck getäuſchter Erwartung.

„Ja, ſie iſt auf Beſuch zu einigen Verwandten
in Yorkſhire. Sie hat wirklich Verwandte; muß das
Ihnen und mir nicht ſonderbar vorkommen?"

Valentin nahm von dieſer etwas cyniſchen Be=
merkung keine Notiz.

„Wird ſie lange ausbleiben?" fragte er.

„Wie lange ſie dort bleiben wird, weiß ich nicht.
Die Leute vergöttern ſie, wie ich höre. Sie wiſſen,
es iſt gewiſſermaßen Charlottens Vorrecht, vergöttert
zu werden, und natürlich wird man ſie bereden, ſo
lange zu bleiben als nur möglich. Es ſcheint Ihnen
unangenehm zu ſein, ſie nicht zu ſehen."

„Ja, es iſt mir ſehr unangenehm," antwortete
Valentin freimüthig. „Sie iſt ein liebes Mädchen."

Es trat eine Pause ein. Miß Paget nahm ihre
Arbeit mit raschen Fingern wieder auf. Sie pickte
glänzende kleine Perlen eine nach der andern mit der
Spitze ihrer Nadel auf und trug sie auf den Canevas
über, der über den vor ihr stehenden Stickrahmen
gespannt war. Es war eine Arbeit, welche außer=
ordentliche Sorgfalt und Genauigkeit erheischte, aber
Diana's Hand zitterte keinen Augenblick, obschon ein
Sturm leidenschaftlicher Gefühle in ihr tobte.

„Es thut mir sehr leid, daß ich sie nicht sehen
kann," sagte Valentin nach einer Weile; „ihr Anblick
ist mir sehr theuer. Warum sollte ich meine Ge=
fühle vor Ihnen zu verbergen suchen, Diana? Wir
haben so viele Drangsale mit einander durchgemacht,
daß zwischen uns ein gewisses Band der Gemeinsam=
keit bestehen muß. Ich habe Sie stets wie eine Schwe=
ster betrachtet und wünsche nicht, irgend ein Geheim=
niß vor Ihnen zu verbergen, obschon Sie mich so
kalt empfangen, daß man meinen sollte, ich hätte Sie
beleidigt."

„Sie haben mich nicht beleidigt. Ich danke Ihnen,
daß Sie so offen gegen mich sind. Durch ein ent=
gegengesetztes Verhalten würden Sie übrigens auch
wenig gewonnen haben. Ihre Neigung zu Charlotte
ist mir schon längst bekannt."

„Dann haben Sie also mein Geheimniß errathen?"

„Ich habe gesehen, was Jeder hätte sehen können,

der sich die Mühe genommen hätte, Sie während
Ihrer Besuche in diesem Hause zehn Minuten lang
zu beobachten."

„War mein unglücklicher Gemüthszustand so deut=
lich sichtbar?" rief Valentin lachend. „War ich, der
ich sonst Alles, was sentimental heißt, verlachte, dies
selbst? Sie machen mich über meine Thorheit er=
röthen, Diana. Was arbeiten Sie da mit allen
diesen Perlen? Es scheint etwas sehr Künstliches
zu sein."

„Es ist ein Betstuhl, den ich für Mrs. Sheldon
arbeite. Ich muß doch für meinen Unterhalt etwas
thun."

„Und sich auf diese Weise die Augen verderben.
Armes Mädchen! Ich finde es sehr hart, daß Ihre
Schönheit und Ihre Kunstfertigkeiten keinen bessern
Markt finden als diesen. Wahrscheinlich werden Sie
aber mit der Zeit einen Freund von Mr. Sheldon,
einen Millionär, heirathen, und ich werde von Ihrem
Hause in Park Lane und von Ihrer dreihundert Gui=
neen=Barouche hören."

„Sie sind sehr freundlich, daß Sie mir einen
Millionär versprechen. Die Umstände meiner Existenz
sind allerdings bis jetzt so auffallend günstig gewesen,
daß ich gewissermaßen das Recht habe, einen solchen
Freier zu erwarten. Mein Millionär soll Sie in
mein Haus in Park Lane zu Tische einladen, und

Sie sollen Ecarté mit ihm spielen, wenn Sie wollen — so wie es mein Papa zu spielen pflegte."

„Sprechen Sie nicht von diesen Dingen, Di," entgegnete Mr. Hawkehurst fast schaudernd. „Lassen Sie uns vergessen, daß wir jemals ein solches Leben geführt haben."

„Ja," antwortete Diana, „lassen Sie es uns vergessen — wenn wir können."

Die Bitterkeit, die in ihrem Tone lag, berührte Valentin peinlich. Er saß eine Weile da, beobachtete sie schweigend und bemitleidete ihr Schicksal. Welch ein trauriges Schicksal schien es zu sein, und wie hoffnungslos! Für ihn gab es immer Aussicht auf Erlösung. Er konnte hinaus in die Welt gehen und sich mit der Streitaxt des Eroberers seinen Weg durch den Wald der Schwierigkeiten bahnen. Was aber konnte ein Mädchen thun, welches sich mitten in diesem schauerlichen Wald sah? Sie konnte blos an der Thür ihrer einsamen Hütte sitzen und mit müden Augen nach dem Ritter ausschauen, welcher kommen und sie erlösen sollte. Und dann bedachte Valentin, wie viele Mädchen es giebt, welchen der Ritter nie erscheint und die in diesem düstern Schatten sterben und begraben werden müssen.

„O, gebt uns weibliche Aerzte, weibliche Advocaten, weibliche Prediger, weibliche Steinbrecher — alles eher als diese abhängigen Wesen, welche in an-

derer Leute Häusern sitzen, Betstühle sticken und nach
Freiheit schmachten," dachte er bei sich selbst, während
er das bleiche, ernste Gesicht in der kalten Nachmit=
tagsbeleuchtung betrachtete.

„Hören Sie doch einige Minuten auf zu arbeiten
und plaudern Sie mit mir, Di," hob er etwas un=
geduldig wieder an. „Sie wissen nicht, wie peinlich
es einem Manne ist, eine weibliche Person ihre ganze
Aufmerksamkeit einer Nadelarbeit widmen zu sehen,
gerade in dem Augenblick, wo er ihre ganze Sym=
pathie besitzen möchte. Ich fürchte, Sie sind nicht
ganz glücklich. Vertrauen Sie sich mir an, liebe
Diana, so offen, wie ich mich Ihnen anvertraue.
Sind diese Leute hier freundlich gegen Sie? Char=
lotte ist es natürlich. Aber Mr. und Mrs. Shel=
don, sind diese es auch?"

„Ja, sie sind sehr freundlich. Mr. Sheldon ist,
wie Sie wissen, nicht ein Mann, der sein Gefühl zur
Schau trägt, aber ich bin überhaupt nicht daran ge=
wöhnt, Personen von enthusiastischer Gemüthsart um
mich zu haben. Er ist gütiger gegen mich, als mein
Vater je war, und ich sehe nicht ein, wie ich mehr
erwarten könnte. Mrs. Sheldon ist nach ihrer Art
auch außerordentlich freundlich."

„Und Charlotte — ?"

„Sie antworteten vorhin selbst für Charlotte.
Ja, sie ist sehr, sehr gut gegen mich, viel besser als

ich es verdiene — ich hätte beinahe mit den Worten eines bekannten Gebets hinzugesetzt — oder begehre."

„Warum sollten Sie aber Charlottens Güte nicht verdienen oder begehren?" fragte Valentin.

„Weil ich keine liebenswürdige Persönlichkeit bin. Ich bin nicht sympathisch. Ich weiß, daß Charlotte sehr reizend, sehr bezaubernd ist, aber zuweilen stößt eben ihr Zauberreiz mich ab. Ich glaube, die Atmo=sphäre des entsetzlichen sumpfigen Districts zwischen Lambeth und Battersea, wo ich meine Kindheit ver=lebt, muß meine Gemüthsart verdorben haben."

„Nein, Diana, Sie haben sich blos eine bittere Ausdrucksweise angewöhnt, Ihr Herz ist edel und wahr, das weiß ich. Wie oft habe ich Ihre verhal=tene Entrüstung beobachtet, wenn die Gemeinheiten Ihres Vaters Sie empörten. Unser Leben ist bis jetzt ein sehr trauriges gewesen, liebe Di, aber lassen Sie uns auf schönere Tage hoffen. Ich glaube, dieselben müssen für uns noch kommen."

„Für mich kommen keine," sagte Diana.

„Sie sagen dies mit der Miene der Ueberzeugung. Warum sollen schönere und bessere Tage nicht auch Ihnen beschieden sein?"

„Das kann ich Ihnen nicht sagen. Ich kann Ihnen blos sagen, daß dieselben nicht kommen werden. Und hoffen Sie, daß jemals etwas Gutes aus Ihrer

Liebe zu Charlotte Halliday kommen werde — Sie, der
Sie Mr. Sheldon kennen?"

„Ich bin bereit, Alles zu hoffen."

„Dann glauben Sie also, Mr. Sheldon würde
seine Tochter einen vermögenslosen Mann heirathen
lassen?"

„Ich bleibe vielleicht nicht immer vermögenslos.
Ueberdies besitzt Mr. Sheldon keine gesetzliche Autorität über Charlotte."

„Aber er besitzt moralischen Einfluß auf sie. Sie
läßt sich sehr leicht bestimmen."

„Ich hoffe, selbst Mr. Sheldon's widerstrebendem
Einfluß entgegen. Sie müssen dieses einzige kleine
Blümchen, welches mir in der kahlen Wüste meines
Lebens ersprossen ist, nicht zu zertreten versuchen, Diana.
Es ist die Blume meines Gefängnisses."

Während Valentin diese letzten Worte sprach, trat
Mrs. Sheldon in das Zimmer. Sie war sehr freundlich, sprach sich sehr beredt über ihr Kopfweh aus,
war aber trotzdem, als sie hörte, daß Mr. Hawkehurst
so freundlich gewesen, ihr ein Billet zu bringen, sehr
geneigt, in's Theater zu gehen.

„Diana und ich könnten gehen, dafern wir nur
nach unserem Diner, welches um sechs Uhr stattfindet,
noch zeitig genug kämen. Mein Gatte macht sich nichts
aus dem Theaterbesuch. Alle Stücke langweilen ihn.
Er behauptet, es sei Alles Unsinn. Aber wissen Sie,

wer fortwährend zerstreut ist und an andere Dinge denkt, dem muß das schönste Stück unsinnig vorkommen," setzte Mrs. Sheldon nachdenklich hinzu, „und mein Gatte ist sehr zerstreut."

Nach einigen weiteren Bemerkungen über Theater und Theaterbesuch nahm Valentin von den beiden Damen Abschied.

„Wollen Sie nicht warten, um erst Mr. Sheldon zu sprechen?" fragte Georgina. „Er ist mit Capitän Paget im Schreibzimmer. Sie wußten wohl gar nicht, daß Ihr Papa hier ist, liebe Diana? Als mein Gatte vor einer Stunde nach Hause kam, brachte er ihn mit."

„Ich will Mr. Sheldon heute nicht stören," sagte Valentin. „Ich komme in einigen Tagen wieder."

Er empfahl sich den beiden Damen und ging hinaus in die Hausflur.

Als er aus dem Salon heraustrat, öffnete sich die Thür des Schreibzimmers und er hörte Philipp Sheldon's Stimme im Innern, welche sagte:

„— Ihre Genauigkeit in Bezug auf den Namen Meynell."

Es war der Schluß eines Redesatzes, der Name aber schlug sofort an Valentin's Ohr. Meynell! — der Name, der für ihn ein so eigenthümliches Interesse hatte.

„Es ist ein bloßes Zusammentreffen," dachte er

bei sich selbst; „oder ist Horatio Paget uns auf der Spur?"

Und dann suchte er sich einzureden, daß seine Ohren ihn vielleicht getäuscht hätten, und daß der Name, den er gehört, nicht Mehnell, sondern ein anderer von ähnlichem Klange gewesen sei.

Capitän Paget war es, der die Thür geöffnet hatte. Er trat in die Hausflur heraus und erkannte Valentin.

Sie verließen das Haus zusammen, und der Capitän war außerordentlich freundlich.

„Wir wollen irgendwo im Westend mit einander diniren, Valentin," sagte er.

Zu seiner Ueberraschung aber lehnte Mr. Hawkehurst das Anerbieten ab.

„Ich bin von einem angestrengten Tagewerk ziemlich ermüdet," sagte er, „und würde daher ein sehr schlechter Gesellschafter sein. Wenn Sie erlauben, werde ich lieber gleich nach Omegastreet zurückkehren und mir ein Cotelett holen lassen."

Der Capitän sah ihn erstaunt an; er konnte nicht den Mann begreifen, der sich weigerte, auf Kosten seines Mitmenschen luxuriös zu speisen.

Valentin hatte in der letzten Zeit neue Vorurtheile gefaßt. Es lag ihm nichts mehr daran, Horatio Paget's Gastfreundschaft zu genießen. In Omegastreet wurden die Haushaltkosten von beiden zu gleichen Theilen getragen. Es war eine Art Club in kleinem Maßstabe, und es lag nichts Entwürdigendes darin, mit dem eleganten Horatio das Brod zu brechen.

Nach Omegastreet kehrte Valentin demgemäß diesen Nachmittag zurück, um hier eine frugale Mahlzeit zu sich zu nehmen und einen gedankenvollen Abend zu verbringen, unerheitert durch einen einzigen Schimmer jenes Glanzes, welchen glücklichere Menschen als das Licht der Häuslichkeit kennen.

Zweites Capitel.

Fortsetzung von Valentin's Aufzeichnungen.

15. October. Nach einem haftigen Frühstück mit meinem Freund Horatio, der heute Morgen ein wenig mißlaunig und unliebenswürdig war, verließ ich noch vor Mittag Omegastreet, um nach der City zu gehen.

Ich sollte bei dem würdigen John Grewter, dem Papierhändler, erst Nachmittags erscheinen, hatte aber keinen besondern Grund, zu Hause zu bleiben, und übrigens wollte ich auch ein wenig in dem Stadttheile herumschlendern, wo Matthew Haygarth seine Jugend zugebracht hatte.

Ich sah mir daher Johnstreet in Clerkenwell an und bummelte in der unmittelbaren Nachbarschaft von Smithfield herum, während ich an die alte Jahr= marktszeit und an die Schwelger und Possenreißer

dachte, welche jetzt als Staub und Asche auf so und
so vielen Kirchhöfen umhergestreut liegen.

Endlich schlug es auf der St. Paulskirche Drei,
und ich glaubte, nun werde Mr. Grewter vielleicht
Muße haben, einige Worte mit mir zu wechseln.

Ich fand den Laden des Papierhändlers so finster
und uneinladend, wie Kaufläden in der City gewöhn=
lich sind. Zugleich aber herrschte darin jener feine
Geruch des Reichthums, der für die Nase des Ver=
mögenslosen einen so mystischen Reiz hat. Ganze
Stöße von Cassa= und Contobüchern füllten die nur
schwach erleuchtete Niederlage. Einige Comptoiristen
arbeiteten hinter einer Glasscheidewand, und schon
flackerte das Gas hoch hinter den grünen Schirmen
über dem Pult, an welchem sie schrieben.

Ich war neugierig, zu wissen, ob diese Leute ein
angenehmes Leben führten, und ob man an dem
Handel mit Papier und gebundenen Contobüchern
wirkliches Interesse finden könne.

Ein junger Mann näherte sich mir und fragte
mich, was ich wollte. Er begleitete diese Frage mit
einem Blick, welcher mir deutlich sagte, daß ich, wenn
ich nicht wenigstens drei Groß Contobücher brauchte,
kein Recht hätte, hier zu sein.

Ich sagte ihm, daß ich Mr. Grewter zu sprechen
wünschte, und fragte, ob derselbe jetzt zu sprechen sei.

Der Comptoirist sagte, er wüßte es nicht, sein

Ton aber gab mir zu verstehen, daß ich nach seiner Meinung Mr. Grewter nicht sprechen könne.

„Vielleicht können Sie fragen," bemerkte ich.

„Nun ja. Ist es der alte oder der junge Mr. Grewter, den Sie zu sprechen wünschen?"

„Der alte Mr. Grewter," antwortete ich.

„Nun gut, ich will gehen und sehen. Am besten wird es sein, wenn Sie mir Ihre Karte mitgeben."

Ich zog eine von Georg Sheldon's Karten heraus, und der Comptoirist warf einen Blick darauf. Er zuckte zusammen, als ob ihn eine Natter gestochen hätte.

„Sie sind aber doch nicht Mr. Sheldon?" fragte er.

„Nein, Mr. Sheldon ist mein Principal."

„Aber wie können Sie Jemandem Sheldon's Karte geben?" fragte der Commis mit fast beleidigter Miene. „Ich kenne Sheldon von Gray's Inn."

„Dann bin ich überzeugt, daß Sie an ihm einen sehr gefälligen Mann gefunden haben," antwortete ich höflich.

„Der Teufel hole seine Gefälligkeit! Er hätte mich beinahe vor das Banquerottgericht gebracht. Sie sind also Sheldon's Expedient und Sie wünschen unsern Chef zu sprechen? Sie wollen aber doch nicht sagen, daß er mit der Firma Grewter —"

Der junge Mann sagte dies in furchtsam gedämpftem Tone, und ich beeilte mich, ihn zu beruhigen.

„Ich glaube nicht, daß Mr. Shelbon jemals in seinem Leben Mr. Grewter gesehen hat," sagte ich.

Der Comptoirist verstand sich nun endlich dazu, sich in die unbekannten Regionen jenseits des Ladens zurückzuziehen, um meinen Auftrag auszurichten.

Ich begann zu glauben, daß Georg Shelbon's Karte nicht der bestmögliche Empfehlungsbrief sei.

Nach einer Weile kam der Comptoirist wieder, gefolgt von einem langen weißbärtigen Mann mit gebeugter Haltung und durchbohrenden grauen Augen.

Er fragte mich, was ich wollte, und that dies auf eine kurze mißtrauische Weise, die mich nöthigte, ohne alle Umschweife mit der Sprache herauszugehen. So wie ich von dem ab intestato verstorbenen wohlehrwürdigen John Haygarth weiter hinwegkam, ward ich durch die Nothwendigkeit der Geheimhaltung weniger gefesselt. Ich theilte daher dem achtzigjährigen Chef der Firma mit, daß ich mit einer juristischen Erörterung in Bezug auf einen verstorbenen Bewohner dieser Straße beschäftigt sei, und daß ich mir die Freiheit genommen, mich an ihn zu wenden, in der Hoffnung, daß er im Stande sein werde, mir einige Auskunft zu ertheilen.

Mr. Grewter sah mich während der ganzen Zeit, wo ich sprach, an, als ob er glaubte, ich wollte ihn um eine Geldunterstützung angehen, und ich glaube selbst, daß ich einem Bettelbriefschreiber nicht ganz

unähnlich sehe. Als er jedoch fand, daß ich blos Be=
lehrung suchte, gewannen seine scharfen grauen Augen
einen etwas milderen Ausdruck, und er forderte mich
auf, ihm in sein Zimmer zu folgen.

Dieses Zimmer war fast eben so unfreundlich
wie der Laden. Die Möbels sahen aus, als ob sie
aus der Zeit der Meynells stammten, und der grelle
Schein des Gaslichts war gleichsam ein Anachronismus.

Nach einigen vorläufigen Bemerkungen, welche
durch Mr. Grewter's Benehmen nicht ermuthigt
wurden, fragte ich, ob er jemals den Namen Mey=
nell gehört habe.

„Ja wohl," sagte er. „Es lebte ein Meynell in
dieser Straße, als ich noch ein junger Mann war —
Christian Meynell, von Profession ein Teppichmacher.
Das Geschäft wird jetzt noch fortgeführt, und es ist
ein sehr altes Geschäft, denn es war ein solches schon
zu Meynell's Zeit. Dieser starb aber noch ehe ich
heirathete, und sein Name ist jetzt in Albersgatestreet
so ziemlich vergessen."

„Hatte er keine Söhne?" fragte ich.

„O ja, einen Sohn hatte er. Derselbe hieß
Samuel und war ein Kamerad von mir. Mit dem
Geschäft wollte er jedoch nichts zu schaffen haben,
und als sein Vater starb, ließ er es so zu sagen drun=
ter und drüber gehen. Er führte einen etwas schwel=

gerischen Lebenswandel und starb schon zwei oder drei Jahre nach seinem Vater."

„Starb er unverheirathet?"

„Ja. Es wurde davon gesprochen, daß er eine Miß Dobberly heirathen wolle, deren Vater Kunst= tischler in Jewinstreet war; Samuel trieb es aber den Dobberlys, die sehr solide, gesetzte Leute waren, zu toll, und dann ging er in's Ausland, wo er von einer Art Fieber befallen ward und starb."

„Und war dieser Sohn das einzige Kind seines Vaters?"

„Nein, es waren auch zwei Töchter da. Die jüngere davon heirathete, die ältere lebte bei ihr und starb unvermählt, wie ich habe erzählen hören."

„Wissen Sie, wen die jüngere Schwester hei= rathete?"

„Nein; in London heirathete sie nicht. Sie ging in die Provinz, um dort Freunde zu besuchen, und dort heirathete sie auch — den Ort weiß ich nicht genau — so viel ich weiß, ist sie auch nie wieder nach Hause gekommen. Das Teppichgeschäft ward gleich nach Samuel Meynell's Tode verkauft. Die Käufer führten den alten Namen noch über zwanzig Jahre mit fort — „Taylor, früher Meynell, etablirt im Jahr 1693" — so lautete die Firma über dem Fenster — jetzt haben sie schon seit längerer Zeit den Namen Meynell weggelassen. Alte Namen gerathen

mit der Zeit in Vergessenheit, wissen Sie, und wenn
sie einmal vergessen sind, so nützt es auch weiter
nichts, sie noch länger zu führen."

Ja, die alten Namen werden vergessen, die alten
Personen verschwinden vom Antlitz der Erde. Der
Roman von Matthew Hahgarth schien in dieser pro-
saischen Erwähnung der Teppichhändler zu einem
lahmen, nichtssagenden Schluß zu kommen.

„Sie können sich wohl nicht besinnen, welche Gegend von England es war, wohin Christian Mehnell's
Tochter ging, als sie sich verheirathete?"

„Nein; ich interessirte mich weiter nicht dafür.
Ich glaube nicht, daß ich in meinem ganzen Leben
auch nur dreimal mit dem jungen Frauenzimmer gesprochen habe, obschon sie mit mir in derselben Straße
wohnte und ich mit ihrem Bruder Abends am Bier-
tische zusammentraf, wo damals viel über den Krieg
und Napoleon Bonaparte gesprochen ward."

„Haben Sie vielleicht eine Idee in Bezug auf die
Zeit, zu welcher sie heirathete?" fragte ich.

„Das Jahr kann ich nicht genau angeben. Ich
weiß aber, daß meine eigene Verheirathung schon er-
folgt war, denn ich entsinne mich, daß ich und meine
Frau an einem Sommernachmittag in unserem oberen
Zimmer am Fenster saßen und Samuel Mehnell's
Tochter vorbei in die Kirche fahren sahen. Das weiß
ich noch, als ob es gestern gewesen wäre. Sie trug

ein weißes Kleid und einen grünen Spencer. Ja, so
ist es. Ich heirathete meine erste Frau im Jahre 1814.
Wann aber Miß Meynell Aldersgatestreet verließ,
das kann ich Ihnen nicht genau sagen."

Diese Reminiscenzen schienen, so alltäglich sie
auch waren, dennoch auf das Gemüth des alten
Mannes einen so zu sagen erweichenden Einfluß auszu=
üben. Er hörte auf, mich mit scharfen, mißtrauischen
Blicken zu beobachten, und schien selbst zu wünschen,
mir allen Beistand zu gewähren, der in seinen Kräften
stünde.

„Hieß Christian Meynell's Vater William?"
fragte ich, nachdem ich schweigend einige Zeilen in
mein Notizbuch geschrieben.

„Das kann ich Ihnen nicht sagen, obschon Chri=
stian Meynell, wenn er noch lebte, nicht zehn Jahr
älter sein würde als ich. Sein Vater starb, als ich
noch Knabe war, und in dem Waarenlager muß es
noch Bücher geben, in welchem sein Name steht, da=
fern man sie nicht vernichtet hat."

Ich nahm mir vor, in dem Teppichmagazin nach=
zufragen, doch hegte ich wenig Hoffnung, die Bücher
aus einer seit ziemlich einem Jahrhundert entschwun=
denen Zeit zu finden. Ich versuchte noch eine Frage.

„Wissen Sie, ob Christian Meynell ein einziger
Sohn oder der einzige Sohn, der das Alter der
Mannbarkeit erreichte, war?"

Mein bejahrter Freund schüttelte den Kopf.

„Christian Meynell hatte keine Brüder," sagte er. „Das Kirchenbuch wird Ihnen dies aber ganz genau sagen, vorausgesetzt, daß sein Vater vor ihm sein ganzes Leben in Albersgatestreet gewohnt hat, wie ich jeden Grund habe, zu glauben."

Ich that hierauf noch einige Fragen in Bezug auf die benachbarten Kirchen, dankte Mr. Grewter für seine freundliche Bereitwilligkeit und entfernte mich.

Dann kehrte ich nach Omegastreet zurück, nahm eine sehr einfache Mahlzeit zu mir und widmete den Rest meines Abends der Weiterführung dieses Tagebuchs und einer zärtlichen Träumerei, in welcher Char= lotte Hallidah die Hauptfigur war.

Wie hatten Armuth und Abhängigkeit doch Diana Paget's Gemüth verbittert! Sie war sonst ebenfalls ein nettes Mädchen.

16. October. Mein heutiges Tagewerk ist der Nachforschung in Kirchenbüchern gewidmet gewesen — einer stets ermüdenden, langweiligen Aufgabe. Glück= licherweise war meine Mühe nicht erfolglos. In der schönen alten Kirche von St. Giles, Cripplegate, fand ich Registraturen über die Taufe Oliver's Meynell, Sohn von William und Caroline Mary Meynell, 1768, und über das Begräbniß desselben Oliver im nächstfolgenden Jahre. Ich fand Nachricht über die Taufe einer Tochter desselben William und

derselben Caroline Mary Meynell und weiterhin über das
Begräbniß dieser Tochter in ihrem fünften Lebensjahre.
Ebenso fand ich Nachricht über die Taufe Christian's
Meynell, des Sohnes desselben William und derselben
Caroline Mary Meynell 1772, und über William's
Ableben im Jahr 1793. Später fand sich die Notiz
über das Begräbniß Sarah's, der Wittwe Christian's
Meynell, noch später die Taufe Samuel's Meynell,
dann die Taufe Susannens Meynell und zuletzt die
Charlottens Meynell. Dies waren sämmtliche Ein-
träge, die in Bezug auf die Familie Meynell in der
Registratur zu finden waren.

Ueber das Begräbniß der Caroline Mary, Gattin
William's Meynell, fand sich eben so wenig eine Nachricht vor, wie über das Christian's Meynell oder Samuel's Meynell, seines Sohns, und ich weiß gleichwohl, daß alle diese Einträge für meinen scharf-
sinnigen Sheldon nothwendig sein würden, ehe seine
Beweise vollständig wären.

Nachdem ich so alle Registraturen durchgeblättert,
ging ich hinaus auf den Kirchhof, um die Familien-
gruft der Meynells zu suchen, und fand ein vier-
eckiges Monument von einem halbverrosteten Gitter
umschlossen und mit den Namen und Tugenden dieser
ausgestorbenen Familie beschrieben.

Dieser Begräbnißplatz ist auch deswegen interessant,
weil hier noch weit berühmtere Leute liegen als die

Meynells, denn John Milton, John Fox, Verfasser
der Marthrologie, und John Speed, der Chronolog,
ruhen ebenfalls auf diesem City-Kirchhof.

In der Hoffnung, eine Spur der fehlenden Data
zu finden, wagte ich einen zweiten Besuch bei Mr.
Grewter zu machen. Er war diesmal weniger freundlich, denn er war der Ansicht, daß aus der Meynell-
Angelegenheit für ihn selbst wahrscheinlich kein Gewinn hervorgehen werde, und sein Princip war, sich
mit nichts zu befassen, was keinen Gewinn abzuwer-
fen versprach. Ich glaube, es ist dies eine echt kauf-
männische Anschauungsweise. Ich fragte ihn, ob er
mir sagen könnte, wo Samuel Meynell begraben sei.

„Wahrscheinlich im Ausland," antwortete der alte
Gentleman kurz, „denn er ist im Ausland gestorben."

„Ah so! Er ist im Ausland gestorben! Können
Sie mir vielleicht sagen, wo?"

„Nein, Sir, das kann ich nicht sagen," antwortete
Mr. Grewter noch schroffer. „Ich bekümmerte mich damals nicht um die Angelegenheiten fremder Leute und
thue es auch jetzt noch nicht. Ganz besonders liebe
ich es nicht, von fremden Personen deswegen behelligt
zu werden."

Ich entschuldigte mich höflich wegen der Zudring-
lichkeit; der alte Gentleman ließ sich aber nicht so
leicht begütigen.

„Ihre beste Entschuldigung wird sein, wenn Sie

es nicht wieder thun," entgegnete er. „Wer meine
Lebensgewohnheiten kennt, weiß, daß ich nach Tisch
ein halbes Stündchen schlafe. Meine Körperconstitution
verlangt dies, sonst würde ich es nicht thun. Hätte
ich nicht zufällig einen neuen Ladendiener, so hätten
Sie mich nicht zwei Nachmittage hinter einander stören
dürfen."

Da ich Mr. Grewter unversöhnlich fand, so verließ ich ihn und ging, um in der Person Anthony's
Sparsfield, des Holzbildhauers und Vergolders, wo-
möglich ein zugänglicheres Gemüth zu finden.

Ich fand das Etablissement von Sparsfield und
Sohn, Holzbildhauer und Vergolder. Es war ein
niedriger finsterer Laden, an dessen Fenster zwei oder
drei schön geschnitzte, leider aber von den Fliegen schwer
heimgesuchte Goldrahmen und ein Oelgemälde von
geheimnißvollem Rembrandtischen Charakter ausgestellt
waren. Die so zu sagen alt-etablirte Luft, welche
fast alle Kaufläden in **** Nachbarschaft durchdrang,
machte sich in dem Sparsfield-Etablissement ganz besonders bemerkbar.

Ich fand in dem Laden einen Mann von etwa
vierzig Jahren mit sanften Zügen und im Gespräch
mit einem Kunden begriffen. Ich wartete geduldig,
bis der Kunde mit seiner genauen Beschreibung des
Rahmens, den er für eine Reihe Probeabdrücke nach
Landseer gefertigt zu haben wünschte, zu Ende war.

Als der Kunde sich entfernt hatte, fragte ich den Mann mit den sanften Gesichtszügen, ob ich Mr. Sparsfield sprechen könne.

„Ich bin Mr. Sparsfield," antwortete er höflich.

„Aber wohl nicht Mr. Anthony Sparsfield?"

„O ja, mein Name ist Anthony."

„Man hat mir aber gesagt, Mr. Anthony Sparsfield sei hochbejahrt."

„Ah, Sie meinen meinen Vater!" entgegnete der sanfte Mann. „Mein Vater ist in Jahren vorgerückt und thut nur noch sehr wenig im Geschäft. Dabei aber ist sein Kopf so klar, wie er von jeher gewesen, und unter unseren alten Kunden giebt es mehrere, die, wenn sie etwas bestellen, lieber mit ihm sprechen."

Dies klang hoffnungsvoll. Ich sagte Mr. Sparsfield dem Jüngeren, ich sei kein Kunde, und begann ihm dann mein Anliegen auseinander zu setzen.

Ich fand ihn eben so zuvorkommend, als Mr. Grewter ungefällig gewesen war.

„Ich und mein Vater sind Leute nach der alten Mode," sagte er. „Wir haben unsere Wohnung, wie die meisten unserer Nachbarn hier, unserem Geschäftslocal gegenüber. Mein Vater trinkt jetzt gerade in dem Zimmer oben seinen Thee, und wenn Sie sich zu ihm hinaufbemühen wollen, so wird er gern bereit sein. Ihnen alle Aufschlüsse zu geben, die ihm zu Gebote stehen. Er spricht von alten Zeiten sehr gern."

Das war ein ältester Einwohner, wie ich mir ihn wünschte — ein ganz anderer Mann als Mr. Grewter, der jede Antwort so widerstrebend von sich gab, als wenn es eine Fünfpfundnote gewesen wäre.

Man führte mich in ein kleines gemüthliches Zimmer der ersten Etage, wo ein munteres Feuer brannte und ein behaglicher Geruch von geröstetem Brod und Thee herrschte. Ich ward eingeladen, eine Tasse Thee mitzutrinken, und da ich bemerkte, daß man dies als ein Compliment von mir betrachten würde, so sagte ich Ja. Der Thee war sehr schwach, sehr heiß und sehr süß, Mr. Sparsfield und sein Sohn aber schlürften ihn mit einem Genuß, als ob es das begeisterndste aller Getränke gewesen wäre.

Mr. Sparsfield der Aeltere litt an Rheuma und Asthma, war aber dabei ein munterer alter Mann und vollkommen bereit, von alten Zeiten zu schwatzen, wo Barbican und Aldersgatestreet angenehmere Plätze waren, als sie heutzutage sind, oder wenigstens diesem hochbejahrten Bürger zu sein geschienen hatten.

„Meynell!" rief er. „O, Samuel Meynell habe ich so gut gekannt wie meinen eignen Bruder, und den alten Christian Meynell fast eben so gut wie meinen eigenen Vater. Zu jener Zeit waren die Menschen geselliger, wissen Sie, Sir. Die Welt scheint zu voll

geworden zu sein, als daß noch Raum für Freund=
schaft bliebe. Jetzt giebt es blos Schieben und Drän=
gen und Drängen und Schieben. Wir haben in un=
serem Fache Leute, die einen Rahmen für fünfund=
zwanzig Schillinge liefern, der imposanter aussieht als
einer, den ich nicht unter fünf Pfund herstellen kann.
Freilich ist von dem ersten nach Verlauf eines Jahres
die ganze Vergoldung herunter, aber das ist jetzt ein=
mal so. Es wird viel vergoldet und die Sachen sehen
sehr schön aus, es dauert aber nicht lange, so ist
das Gold weg."

Nachdem ich den philosophischen Bemerkungen des
alten Mannes eine Weile zugehört, lenkte ich ihn in
höflicher Weise auf das Thema zurück, für welches
ich mich interessirte.

„Samuel Meynell war der beste Mensch, den es
geben konnte," sagte er, „aber er liebte das Wirths=
haus ein wenig zu sehr. Es gab um Aldersgate
herum einige sehr nette Wirthshäuser, und es waren
damals unruhige Zeiten und die Leute saßen gern
beisammen und besprachen sich bei einer Pfeife Tabak
und einem Glas ihres beliebten Getränks in gesel=
liger, traulicher Weise über die Tagesneuigkeiten. Der
arme Samuel Meynell genoß leider von seinem Lieb=
lingsgetränk ein wenig zu viel, und als das junge
Mädchen, mit welchem er gegangen war — Miß
Dobberly von Jewinstreet — ihm den Korb gab und

einen großen Fleiscber in Newgate Market heirathete,
der alt genug war, um ihr Vater sein zu können.
gewöhnte sich Samuel den Trunk förmlich an und
vernachläſſigte sein Geſchäft. Eines Tages kam er
zu mir und ſagte: „Ich habe mein Geſchäft verkauft,
Tony" — wir ſprachen nämlich wie Brüder mit ein=
ander — „und ich gehe nach Frankreich." — Es war
dies bald nach der Schlacht bei Waterloo, und viele
Leute reiſten damals nach Frankreich, denn Napoleon
Bonaparte, den man damals nur den Tiger oder
die Hyäne nannte, und von dem man glaubte, er er=
nähre ſich hauptſächlich von Fröſchen, war nun un=
ſchädlich gemacht. Wir wunderten uns Alle ſehr, daß
Samuel in's Ausland gehen wollte, er war aber von
jeher etwas tollköpfig geweſen und deshalb war man
auch nicht überraſcht, als man einige Jahre darauf
hörte, er habe ſich zu Calais in wohlfeilem Brannt=
wein — Odewih ſagen die Franzoſen, dieſe armen
unwiſſenden Menſchen! — zu Tode getrunken."

„In Calais iſt er geſtorben?"

„Ja," antwortete der alte Mann. „Ich weiß
nicht, wer die Nachricht mitbrachte, aber ich entſinne
mich ganz genau, daß ſo erzählt ward. Der arme
Samuel Meynell ſtarb und ward unter den Mosjehs
begraben."

„Wiſſen Sie gewiß, daß er in Calais begraben
ward?"

„Ja wohl, so gewiß als etwas nur sein kann.
Das Reisen war damals nichts Leichtes und im Aus=
lande hatte man weiter nichts als Diligencen, die,
wie ich gehört habe, die langsamsten Fuhrwerke sind,
welche jemals erfunden wurden. Es war Niemand
da, der die Ueberreste des armen Samuel nach Eng=
land gebracht hätte, denn seine Mutter war todt und
seine beiden Schwestern lebten in Yorkshire."

In Yorkshire! Ich glaube, ich sah etwas einfältig
aus, als Mr. Sparsfield sen. diese specielle Graf=
schaft erwähnte, denn meine Gedanken flogen sofort
und ehe das Wort noch vollständig über seine Lippen
war, zu Charlotte Halliday.

„Miß Meynell lebte in Yorkshire?" fragte ich.

„Ja, sie verheirathete sich dort mit einem Land=
wirth. Ihre Mutter war aus Yorkshire gebürtig, und
sie und ihre Schwester gingen auf Besuch wieder nach
London zurück. Eine von ihnen heirathete, die an=
dere starb unvermählt."

„Besinnen Sie sich vielleicht auf den Namen des
Mannes, den sie heirathete?"

„Nein," entgegnete Mr. Sparsfield, „den weiß
ich nicht."

„Oder entsinnen Sie sich vielleicht des Ortes, wo
sie sich verheirathete — der Stadt oder des Dorfes
oder was es nun sonst war?"

„Wenn ich den Namen hörte, so würde ich mich

vielleicht darauf besinnen, denn ich habe Samuel Mey=
nell von der neuen Heimath seiner Schwester Char=
lotte oft sprechen hören. Man hatte sie nach der
Königin Charlotte getauft Es ist mir, als hätte sich
der Name des Dorfs auf Croß geendet, ungefähr wie
Charing Croß oder Waltham Croß."

Dies war alles sehr unbestimmt, aber immer weit
mehr, als ich Mr. Grewter auszupressen im Stande
gewesen war. Ich trank, um einen Vorwand zum
längeren Verweilen zu haben, noch eine Tasse von
der süßen warmen Flüssigkeit, welche meine neuen
Freunde Thee nannten, und versuchte aus der Erin=
nerung des alten Goldrahmenfabrikanten noch mehr
Licht zu schöpfen.

Es gelang mir jedoch nicht, und ich mußte mich
entschließen, Abschied zu nehmen, obschon ich mir das
Recht vorbehielt, später einmal wiederzukommen.

18. October. Vorgestern früh schickte ich Shel=
don einen Bericht über meine Nachforschungen in
Aldersgatestreet. Er ging die Aufschlüsse, die ich ge=
sammelt, sorgfältig durch und sprach sich über meine
Bemühungen sehr beifällig aus.

„Sie haben in dieser kurzen Zeit ungemein viel
geleistet," sagte er, „und Sie haben Grund, sich dazu
Glück zu wünschen, daß Ihnen der fernere Weg auf
eine Weise gebahnt ist, wie mir derselbe niemals ge=
bahnt worden. Die Meynell=Linie scheint bis auf die

Person der Tochter Christian's Meynell und ihre Nachkommen zusammen zu schrumpfen, und unsere Haupt-
aufgabe wird nun sein, ausfindig zu machen, wann,
wo und wen sie heirathete und welche Nachkommen
aus dieser Ehe hervorgegangen sind. Ich glaube,
dies wird Ihnen nicht allzu schwer werden."

Ich schüttelte ein wenig muthlos den Kopf.

„Ich wüßte nicht, wie ich den Namen des Mannes, mit welchem Charlotte sich vermählt hat, er-
kunden sollte," sagte ich; „es müßte denn sein, daß
ich auf noch einen ältesten Einwohner stieße, der für
Namen und Orte ein besseres Gedächtniß hat als
mein freundlicher Sparsfield oder mein mürrischer
Grewter."

„Es giebt ja noch die Armenhäuser," sagte Sheldon. „In diesen haben Sie wohl noch nicht nachge-
fragt?"

„Nein; ich glaube in der That, ich muß in die
Armenhäuser gehen," antwortete ich mit der erhabenen
Resignation des Proletariers, dessen Armuth ihn
zwingt, sich in Alles zu fügen. „Ich gestehe aber offen,
daß die Abgeschmacktheit und Langweiligkeit der Armen-
haus-Intelligenz meine Geduld fast übersteigt."

„Aber wie wissen Sie, daß Sie den Namen des
betreffenden Ortes nicht vielleicht doch noch von Ihrem
Freund, dem Holzbildhauer und Vergolder erfahren?"
fragte Georg Sheldon. „Er hat Ihnen schon gewisser-

maßen auf die Sprünge geholfen, indem er Ihnen
gesagt, es sei ein Name, der mit „Croß" endet. Er
hat auch gesagt, er würde den Namen, wenn er den=
selben hörte, wiedererkennen. Warum wollen Sie dies
nicht einmal mit ihm versuchen?"

„Um das thun zu können, müßte ich doch den Na=
men selbst erst wissen," antwortete ich, „und in die=
sem Falle bedürfte ich der Hülfe meines Sparsfield
nicht."

„Sie verstehen sich nicht gut auf Auskunftsmittel;
der Mensch muß sich zu helfen wissen," sagte Shel=
don, indem er seinen Stuhl zurückschob und aus einer
Reihe abgegriffener Foliobände einen von dem Bret=
gestell herunternahm. „Hier ist ein Ortslexikon von
Großbritannien," sagte er, indem er das Register des
vor ihm liegenden Bandes aufschlug. „Wir wollen
das Gedächtniß des alten Sparsfield mit jedem Croß
in sämmtlichen drei Bezirken von Yorkshire auf die
Probe stellen, und wenn noch das leiseste Echo des
Namens, den wir wissen wollen, in seinem schwachen
alten Hirn schlummert, so werden wir es wecken."

Indem Georg Sheldon dies sagte, ließ er seinen
Zeigefinger die Columnen des Registers entlang gleiten.

„Nehmen Sie Ihren Bleistift zur Hand und
schreiben Sie die Namen auf, die ich Ihnen nennen
werde," fuhr er fort. „Da sind wir — Ahlsey Croß —

da sind wir wieder — Boword Croß, Callindale Croß, Huxter's Croß, Jarnam Croß, Kingborough Croß."

Dann, nachdem er die Columne nochmals sorgfältig nachgesehen, rief er:

„Das sind sämmtliche Crosses in der Grafschaft York, und es müßte hart hergehen, wenn wir nicht in einem derselben Christian Meynell's Tochter finden sollten. Diese Tochter kann übrigens noch recht wohl am Leben sein."

„Und wie steht's mit dem Samuel Meynell, der in Calais gestorben ist? Werden Sie nicht auch ein Attest über seinen Tod beibringen müssen? Ich glaube, in diesen Dingen müssen Beweise für Alles beigebracht werden."

„Ja, Samuel's Ableben muß ich beweisen," entgegnete der sanguinische Genealog. „Diesen Theil des Geschäfts will ich selbst besorgen, während Sie die weibliche Linie der Meynells aufspüren. Ich bedarf ohnedies nach langer angestrengter Arbeit einmal einer kleinen Erholung, und werde nach Calais hinüberreisen und die nothwendig irgendwo vorhandene Notiz über Samuel's Begräbniß aufsuchen. Ich glaube, obschon er ein Fremdling im Lande gewesen ist, so hat sich doch Jemand die Mühe genommen, ihn zu begraben."

„Und wenn ich nun den Namen, den wir wissen wollen, dem Gedächtniß des armen alten Sparsfield auspresse?"

„In diesem Falle können Sie sich sofort auf den Weg dahin machen und Ihre Nachforschungen gleich an Ort und Stelle beginnen. Es kann nicht über fünfzig Jahre her sein, seitdem diese Frau geheirathet hat, und es muß daher Bewohner im Orte geben, die alt genug sind, sich ihrer zu erinnern. Ach, apropos, Sie werden wohl auch wieder Geld zur Bestreitung von Kosten haben wollen," setzte Mr. Shelden seufzend hinzu.

Er nahm, indem er dies sagte, eine Fünfpfundnote aus seiner Brieftasche und gab sie mir mit kläglicher, selbstverleugnungsvoller Miene. Ich weiß, daß er arm ist und daß alles Geld, welches er erwirbt, noch ärmeren Leuten ausgepreßt ist. Einen Theil dieses Geldes setzt er auf das Risico der Haygarth'schen Erbschaft, ebenso wie er sein Geld früher schon in verwerflicherer Weise auf's Spiel gesetzt hat.

„Dreitausend Pfund," sagte er zu mir, indem er die armselige kleine Fünfpfundnote gab; „bedenken Sie, für welchen Preis Sie arbeiten, und bieten Sie allen Fleiß und Eifer auf. Je näher wir dem Ende kommen, desto langsamer scheint es mir zu gehen, obschon es, wenn man Alles erwägt, sehr rasch gegangen ist."

Ich bin so sentimental geworden, daß ich weniger an jene möglichen dreitausend Pfund dachte, als an die Thatsache, daß ich wahrscheinlich nach Yorkshire, der Heimath Charlottens und der Provinz, worin sie jetzt weilte, reisen würde. Ich bedachte aber auch, daß es die größte Provinz Englands ist und daß deshalb ein Zusammentreffen zwischen Charlotte Halliday und mir höchst unwahrscheinlich sei.

„Ich weiß, daß ich ihr, praktisch genommen, in Yorkshire nicht näher sein werde als in London," sagte ich bei mir selbst; „trotzdem aber werde ich das Vergnügen haben, mir einzubilden, ich sei ihr näher."

Ehe ich Georg Sheldon verließ, theilte ich ihm die abgerissenen Redesätze mit, welche ich von Capitän Paget und Philipp Sheldon im Hause dieses letzteren gehört.

Er verlachte aber meinen Argwohn.

„Ich will Ihnen etwas sagen, Valentin Hawkehurst," sagte er, indem er seine schwarzen Augen auf mich heftete, als ob er mir damit den Schädel durchbohren und die Thätigkeit meines Hirns beobachten wollte, „weder Capitän Paget noch mein Bruder Philipp können etwas von diesem Geschäft wissen, wenn Sie selbst nicht zum Verräther an mir geworden sind und ihnen meine Geheimnisse verkauft haben. Ich sage Ihnen aber, wenn Sie dies gethan haben, so haben Sie sich selbst und jene beiden obendrein verkauft, denn in meinem Besitz befinden sich die urkundlichen Beweise, ohne welche alle Ihre Kenntniß werthlos ist."

„Ich bin kein Verräther," antwortete ich ruhig, denn ich verachte diesen Menschen viel zu sehr, als daß ich über irgend etwas, was ihm von mir zu sagen beliebt, in die Hitze gerathen sollte, „und ich habe weder zu dem Capitän Paget noch zu Ihrem Bruder ein Wort von dieser Sache geäußert. Wenn Sie anfangen, mir zu mißtrauen, so ist es hohe Zeit für Sie, sich nach einem neuen Gehülfen umzusehen."

Im nächsten Augenblick lag Georg Sheldon moralisch zu meinen Füßen.

„Spielen Sie nicht Comödie, Hawkehurst," sagte er. „Die Menschen verkaufen einander alle Tage, und Niemand tadelt den Verkäufer, dafern er nur einen guten Handel macht. Der vorliegende Fall aber ist von der Art, daß der Handel ein sehr schlechter sein würde."

Hierauf nahm ich Abschied von Sheldon. Er wollte noch diesen Abend nach Calais abreisen und, sobald er mit seinen Erörterungen fertig wäre, sofort wieder nach London zurück kommen. Wenn er mich bei seiner Rückkunft nicht mehr anträfe, so würde er daraus schließen, daß ich die gewünschte Auskunft erhalten und mich auf den Weg nach Yorkshire gemacht hätte. In diesem Falle wollte er dann den Empfang von Nachrichten von dorther abwarten.

Ich ging von Gray's Inn geraden Wegs nach Jewinstreet. Ich hatte den größeren Theil des Tages

in Sheldon's Bureau zugebracht. Als ich wieder bei
meinem freundlichen Sparsfield dem Jüngeren erschien, ward daher der Thee des älteren Sparsfield
eben wieder bereitet und ich abermals aufgefordert,
hinauf in das Familienzimmer zu gehen. Ich sah
mich auch heute mit jener arkadischen Unbefangenheit
und Freundlichkeit behandelt, der ich im Herzen dieser
großen sündhaften Stadt eben so oft begegnet bin
wie in dem idyllenhaftesten Dorfe.

Gegen Leute, die so offen und cordial waren,
konnte ich nicht anders als eben so offen sein.

„Ich fürchte, ich werde Ihnen lästig, Mr. Sparsfield," sagte ich; „ich weiß aber, Sie werden mir
verzeihen, wenn ich Ihnen sage, daß die Angelegenheit, mit der ich mich beschäftige, eine Lebensfrage ist
und daß Ihr Beistand viel thun kann, um die Dinge
einer Krisis entgegen zu führen."

Mr. Sparsfield sen. erklärte, er sei stets bereit,
seinen Mitmenschen zu dienen, und war so freundlich,
hinzuzusetzen, ich gefiele ihm. Ich bin in Bezug auf
Alles, was Gefühl heißt, in der letzten Zeit so schwach
geworden, daß ich Mr. Sparsfield für seine gute
Meinung dankte und ihm dann sagte, daß ich im
Begriff stände, sein Gedächtniß auf die Probe zu stellen.

„Es ist kein schlechtes," rief er in heiterem Tone
und indem er sich, um seinen Worten Nachdruck zu

geben, mit der Hand auf's Knie schlug; „mein Ge=
dächtniß ist kein schlechtes, nicht wahr nicht, Tony?"

„Ich glaube, es wird nicht viele geben, welche
besser wären, Vater," antwortete der gehorsame An=
thony jun. „Dein Gedächtniß ist viel besser als das
meinige."

„Ja, ja," sagte der alte Mann, vor sich hin=
lächelnd, „zu meiner Zeit lebten die Leute auch ganz
anders. Damals gab es kein Gas und keine Eisen=
bahnen, und die Gewerbtreibenden in London waren
zufrieden, von einem Jahre zum andern in einem
und demselben Hause zu wohnen. Jetzt dagegen macht
jeder Schneider und Schuhmacher seine Tour in's
Ausland wie ein königlicher Prinz, und geht dahin
und dorthin, bis er endlich durchgeht. Zu meiner
Zeit blieben die Leute hübsch zu Hause, aber sie er=
warben sich Vermögen und blieben gesund und be=
hielten gute Augen, ein gutes Gedächtniß und ein
gutes Gehör, und viele von ihnen haben es noch er=
lebt, wie die nächste Generation närrisch ward."

„Aber, Vater," rief Anthony jun. ganz entsetzt
über diese Beredsamkeit, „Du hältst ja eine förm=
liche Predigt!"

„Und die halte ich nicht oft, nicht wahr nicht,
Tony?" sagte der alte Mann lachend. „Ich will blos
sagen: wenn mein Gedächtniß noch ziemlich gut ist,
so liegt der Grund davon theils darin, daß ich es

nicht wie gewisse Leute an unsinnigen Dingen zer=
splittert habe. Ich bin hübsch zu Hause geblieben,
habe mich um mein Geschäft bekümmert und andere
Leute sich um das ihrige bekümmern lassen. Nun,
mein Herr, wenn Sie den Beistand meines Gedächt=
nisses begehren, so bin ich bereit, Ihnen denselben zu
leisten."

„Sie sagten mir neulich, Sie könnten sich nicht
auf den Namen des Ortes besinnen, wohin Christian
Meynell's Tochter heirathete, meinten aber, Sie wür=
den sich desselben erinnern, wenn Sie ihn hörten,
und sagten auch, der Name habe mit „Croß" geendet."

„Ja, dabei bleibe ich," entgegnete mein alter
Freund; „dabei bleibe ich."

„Nun gut, daß der Ort in Yorkshire war, ist
eine ausgemachte Sache?"

„Ja, das weiß ich auch ganz bestimmt."

„Und daß der Name mit „Croß" endete?"

„Ja wohl, so gewiß als ich Sparsfield heiße."

„In diesem Falle muß, da es in der Grafschaft
York nur sechs Städte oder Dörfer giebt, deren Name
mit Croß endet, der Ort, den wir suchen, nothwendig
einer von diesen sechs sein."

Nachdem ich dies vorausgeschickt, zog ich meine
Liste aus der Tasche und las die Namen der sechs
Orte Mr. Sparsfield ganz langsam vor:

„Aylsey Croß — Boword Croß — Callindale

Croß — Huxter's Croß — Jarnam Croß — Kingborough Croß."

„Das ist es!" rief mein alter Freund plötzlich.

„Welches?" fragte ich begierig.

„Huxter's Croß. Ich besinne mich, daß ich zu
jener Zeit glaubte, es müsse ein Ort sein, wo es
Allerlei zu verkaufen gäbe, weil der Name Huxter*)
gerade so ausgesprochen wird, als wenn er mit cks
anstatt mit x geschrieben wäre. Später hörte ich,
daß früher einmal wirklich dort ein Markt abgehalten
worden ist. Man hat jedoch denselben schon vor unserer Zeit wieder abgeschafft. Huxter's Croß, ja, das
ist der Name des Ortes, wohin Christian Mehnell's
Tochter heirathete. Ich habe ihn von dem armen
Sam sehr oft gehört, und jetzt erinnere ich mich
desselben so deutlich, als ob ich ihn niemals vergessen
hätte."

Der alte Mann sagte dies mit einem Ausdruck
der Ueberzeugung, welcher mir bewies, daß er sich
nicht irrte. Ich sprach ihm, als ich Abschied nahm,
meinen herzlichen Dank aus.

„Sie haben mir vielleicht ein gutes Stück Geld
verdienen helfen, Mr. Sparsfield," sagte ich, „und
wenn dies wirklich der Fall ist, so lasse ich mich

---

*) Huckster bedeutet Höker, Handelsmann.

Anm. d. Uebers.

malen, wenn auch nur um des Vergnügens willen, mein Bild hierher zu bringen und einrahmen zu lassen."

Damit entfernte ich mich. Das Herz war mir leicht, als ich so meinen Weg durch die metropolitanischen Wildnisse verfolgte, welche zwischen Barbican und Omegastreet liegen.

Ich schäme mich vor mir selbst, wenn ich an die thörichte Ursache dieser gehobenen Gemüthsstimmung denke. Ich sollte nach Yorkshire gehen, der Provinz, deren Bewohnerin meine Charlotte jetzt war!

Meine Charlotte! Es ist schon eine Freude, dieses wonnige zueignende Fürwort zu schreiben — die Freude des armen Alnaschar, des Geschirrhändlers, der auf dem orientalischen Markt seinen Träumen nachhing.

Kann irgend Jemand besser wissen, daß ich Charlotte Halliday in Yorkshire nicht näher sein werde, als ich ihr in London bin? Nein, Niemand. Und dennoch freue ich mich, daß Sheldon's Geschäft mich in die Fluren jener umfangreichen nördlichen Provinz führt.

Huxter's Croß ist ohne Zweifel irgend ein abgelegener, vom Himmel vergessener Ort. Ich kaufte mir heute Abend auf dem Heimwege einen Eisenbahnfahrplan, um genau die Lage des Orts zu studiren, unter dessen moderigen Archiven ich die Geschichte der Tochter und Erbin Christian Meynell's entdecken soll.

Huxter's Croß liegt, wie ich finde, ziemlich fern von der Eisenbahn, und man gelangt dorthin mittelst einer kleinen, hier mit ganz winzigen Buchstaben angedeuteten Station, die ungefähr sechzig Meilen nördlich von Hull liegt. Diese Station heißt Hibling, und zwischen ihr und Huxter's Croß wird der Personenverkehr mittelst einer Droschke unterhalten.

Man denke sich, daß der gesetzliche Erbe von hunderttausend Pfund, ohne von seiner Erbschaft etwas zu ahnen, in den unbekannten Regionen von Huxter's Croß und Hibling vegetirt.

Ich bin neugierig, ob ich diesen stummen unberühmten Erben vielleicht hinter dem Pflug antreffe, oder ist es vielleicht eine Erbin, die mit braunrothen Armen am Butterfaß arbeitet? Oder werde ich vielleicht entdecken, daß der Letzte der Meynells bereits auf einem einsamen Kirchhofe schläft und durch die irdische Stimme, welche ihm den Besitz von irdischem Reichthum verkündet, nicht mehr zu erwecken ist?

Ich gehe nach Yorkshire — das ist für mich genug. Ich schmachte nach dem Abgang des Zuges, der mich dorthin bringen soll. Ich beginne das Heimweh des Bergbewohners zu begreifen. Ich sehne mich nach jener nordischen Luft, nach jenen frischen, reinen Lüften, die über Meer und Flur wehen. Ich sehne mich mit einem Worte nach Yorkshire, ich, der geborene Londoner, das Kind von Temple Bar, dem die

Glocken von St. Dunstan und St. Clement das Wiegenlied sangen.

Ist Yorkshire nicht der Geburtsort meiner Charlotte? Ich wünsche das Land zu sehen, dessen Töchter so holdselig sind.

Drittes Capitel.

In Arkadien.

1. November. Hier ist Huxter's Croß und ich wohne da. Ich bin schon seit einer Woche hier. Ich möchte immer hier wohnen. O Himmel, laß mich einige Stunden lang vernünftig sein, während ich die Geschichte' dieser letztvergangenen wonnevollen Woche niederschreibe; laß mich diesen einen regnerigen Nach=mittag vernünftig, geschäfts= und Shelton=mäßig sein, dann kann ich immerhin wieder glücklich und thöricht werden. „Sei ruhig, pochendes Herz!" wie die Roman=heldinnen von sonst bei der mindesten Veranlassung zu sich selbst zu sagen pflegten. Sei ruhig, thörichtes Knabenherz, welches von einer schönen Gebieterin Namens Charlotte Halliday Erlaubniß erhalten hat, wieder einmal jugendlich und thöricht zu sein.

Immer riesele herab, Regen! Der Tag ist trübe und kalt und schauerlich, und die Weinranke klammert

sich noch an die modernde Mauer und mit jedem
Windstoß fallen die welken Blätter, aber Deine schö=
nen melancholischen Verse, o zarter transatlantischer
Dichter, erwecken kein entsprechendes Echo in meinem
Herzen, denn dieses ist leicht und heiter; es fragt
nicht nach morgen, es denkt nicht an gestern, es ist
nur erfüllt von der Wonne und Freude des heutigen
Tages.

Und nun an's Geschäft. Ich steige aus den über=
natürlichen Regionen der Phantasie herab zur trockenen
Erzählung prosaischer Thatsachen.

Heute vor acht Tagen kam ich nach einer lang=
weiligen Reise, welche, nachdem in Derby und Nor=
manton, sowie an einer Menge obscurer Stationen
angehalten worden, den größeren Theil des Tages in
Anspruch genommen hatte, in Hibling an. Es war
schon ziemlich dunkel, als ich meinen Platz in dem
Mittelding zwischen Droschke und Omnibus einnahm,
welches mich von Hibling nach Hurter's Croß bringen
sollte. Ein vorübergehender Blick auf Hibling zeigte
mir eine einzige lange krumme Gasse und einen vier=
eckigen Kirchthurm. Unsere Straße bog aus der langen
krummen Gasse ab, und in der Herbstabenddämmerung
erkannte ich eben nur die undeutlichen Umrisse der
fernen, eine unermeßlich scheinende Moorwüste ein=
schließenden Hügel.

Ich habe so lange in London gelebt, daß diese

unfruchtbare Wildniß für mich einen Reiz hatte, den
sie für Andere kaum besitzen konnte.

Ich theilte das öffentliche Fuhrwerk mit einer
einzigen alten Frau, welche friedlich in der einen
Ecke schnarchte, während ich zu dem kleinen offenen
Fenster hinausschaute und die immer dunkler wer=
dende Landschaft beobachtete.

Unsere Fahrt dauerte einige Stunden. Wir pas=
sirten zwei oder drei kleine Gruppen von Hütten, wo
die Gänse bei unserer Annäherung kreischten und die
Hähne krähten, und wo einige an oberen Fenstern
schimmernde Lichter die Stunde des Schlafengehens
verkündeten.

An einer dieser Gruppen, einer kleinen Menschen=
insel in der Wüste von Ebene und Moor, wechselten
wir die Pferde mit mehr Geräusch, als wovon diese
Verrichtung in einem civilisirten Lande begleitet ge=
wesen wäre.

In diesem Dorfe hörte ich auch den hier heimi=
schen Dialekt zum ersten Male in seiner ganzen Rein=
heit, das heißt ich verstand von Allem, was die Leute
unter einander redeten, kein Wort.

Nachdem die Pferde gewechselt waren, ging es
eine lange Zeit mit vielem Geschrei und Peitschen=
geknall bergauf, und dann kamen wir wieder an eine
Gruppe Hütten, die, wie mir vorkam, hoch oben in
der scharfen Herbstatmosphäre schwebten. Der Füh=

rer des Wagens kam an mein kleines Guckloch von
Fenster und sagte mir, ich sei nun „da“.

Ich stieg aus und sah mich an der Thür eines
Dorfgasthofes, dessen rothes Licht von innen mich an-
schien, während über meinem Kopfe ein altes ver-
wittertes Aushängeschild stöhnte und knarrte. Für
mich, der ich mein ganzes Leben lang daran gewöhnt
gewesen bin, meinen wärmsten Willkommen in einem
Gasthause zu finden, hieß dies zu Hause sein. Ich
bezahlte mein Fahrgeld, ergriff meine Reisetasche und
trat in das Gasthaus.

Hier fand ich eine rothbäckige, saubere, schmucke
Wirthin, obschon ihre Arme und ihre Schürze etwas
zu viel Mehlspuren trugen. Sie kam eben aus einer
Küche, einem altmodischen Gemach mit einem Fuß-
boden von rothen Ziegelsteinen, heraus und hatte,
während ich sie so durch die geöffnete Thür hindurch
ansah, viel Aehnliches mit einem Gemälde aus der
niederländischen Schule. Auf einer hölzernen Bank
am Herde waren die malerischesten Kuchen und Brode
aufgehäuft, und der ganze Anblick hatte etwas ungemein Trauliches und Behagliches.

„O,“ sagte ich bei mir selbst, „wie weit besser
sind die nordischen Winde, welche über diese einsamen
Hügel wehen, und der Wohlgeruch selbstgebackenen
Brodes, als die dröhnende Glocke von St. Dunstan

und der qualmende Dampf der elenden Fleischgerichte
der Londoner Speisehäuser."

Mein Herz ward diesem Yorkshire und diesen
Yorkshirebewohnern gewogen. War vielleicht Char=
lotte der Grund, daß ich so bereitwillig war, mein
Herz allen Eindrücken in diesem unbekannten Land
zu öffnen?

Eine sehr kurze Unterredung machte mich meiner
Wirthin gegenüber sofort ganz unbefangen. Nach
einiger Erfahrung ward mir selbst der frembartige
Dialekt verständlich.

Ich fand, daß ich ein trauliches sauberes Zimmer
bekommen und Kost und Bedienung unter Bedin=
gungen erhalten konnte, die selbst einem Menschen
von meinen beschränkten Mitteln abgeschmackt billig
erscheinen. mußten. Meine cordiale Wirthin brachte
mir eine Mahlzeit, welche geradezu luxuriös zu nennen
war, gebratenen Schinken und halb weiche Eier, so
wie man sie sonst nur an einem guten Familien=
tische zu sehen bekommt, frisch gebackene braune Weizen=
kuchen, starken Thee und Sahne, wie in London noch
kein Mensch gesehen.

Ich ließ mir es trefflich schmecken, dann öffnete
ich mein Fenster und schaute hinaus auf die stille,
vom Sternenschimmer matt beleuchtete Landschaft.

Das Haus stand auf einem Hügel, dem höchsten
einer sich rechts und links daran schließenden ganzen

Reihe, und für gewiſſe Gemüther iſt ſchon das eine
Wonne.

Die friſche Nachtluft einzuſaugen, hieß gleichſam
ein ätheriſches Getränk ſchlürfen. Nie hatte ich ein
ſo wonniges Gefühl empfunden, ſeitdem ich auf den
mit Gras bewachſenen Zinnen des Château d'Arques
geſtanden, wo die Wieſen und Obſtgärten der ſonnigen
Normandie ſich wie ein Teppich zu meinen Füßen
ausbreiteten.

Dieſer Berg hier aber war noch höher als der,
auf welchem das mittelalterliche Schloß ſeine zer=
bröckelnden Thürme emporragen läßt, und die Land=
ſchaft unter mir war wildromantiſcher als die grüne
Normandie.

Worte vermögen nicht zu ſagen, wie ich mich
dieſer unbekannten Region — dieſer Trennung von
Strand und Temple Bar — freute. Es war mir, als
ſtreifte mein altes Leben ſich von mir ab, gleich den
Schuppen der Ausſätzigen, die von dem göttlichen
Arzt geheilt wurden.

Ich fühlte mich würdiger, das biedere Mädchen
zu lieben, deſſen Bild mein Herz erfüllt, und auch
würdiger, von ihr geliebt zu werden.

Ach, wenn der Himmel mir dieſen theuern Engel
ſchenkte, dann, glaube ich, würde mein altes Leben,
mein alter Mangel an Grundſätzen, meine alte
Gewiſſenloſigkeit ganz von mir hinwegfallen und der

Ausfätzige gereinigt und heil daftehen. Könnte ich nicht glücklich mit ihr fein unter diefen vergeffenen Hügeln, unter diefen weit auseinander geftreuten Hütten?

Könnte ich nicht glücklich fein, wenn ich auch auf ewig von Billardzimmer und Curfaal, von Rennbahn und Tanzfaal gefchieden wäre?

Ja, gewiß, ganz und vollftändig glücklich — fo glücklich wie ein Dorfpfarrer mit fiebzig Pfund jähr= lich und einem abgefetzten Rock, den ihm die Mild= thätigkeit einer Gemeinde fchenkt, welche zu arm ift, ihrem Prediger den Lohn eines anftändigen Haus= dieners zu bezahlen — glücklich wie ein fich mühen= der Landwirth, wäre der Thonboden meiner dürftigen Aecker auch noch fo fauer und zäh und mein Guts= herr wegen Zahlung des Pachtzinfes auch noch fo ftreng; glücklich wie ein Haufirer mit einer Laft wohl= feiler Tändeleien auf dem Rücken, dafern nur meine Charlotte heitern Muths neben mir einherfchritte.

Am nächftfolgenden Morgen frühftückte ich in einem gemüthlichen Stübchen hinter der Gaftftube, in welcher ich zwei Fuhrleute ein Gefpräch in dem Dialekt führen hörte, an welchen ich mich mit jeder Stunde mehr gewöhne. Meine muntere Wirthin ging, während ich meine Mahlzeit einnahm, ab und zu, und fo oft ich fie lange genug aufhalten konnte, verfuchte ich ein Gefpräch mit ihr anzuknüpfen.

Ich fragte sie, ob sie jemals den Namen Meynell gehört habe; nachdem sie aber lange nachgedacht, ant= wortete sie mit Nein.

„Ich kann mir Namen nicht gut merken," sagte sie. „Es wäre möglich, daß ich von Jemandem gehört hätte, der so heißt, aber dann habe ich den Namen wieder vergessen."

Dies war ein wenig entmuthigend, ich wußte aber, daß, wenn in Huxter's Croß irgendwelche Kenntniß von Christian Meynell's Tochter vorhanden war, es in meiner Macht stand, dieselbe zu erforschen.

Ich fragte, ob irgend ein Beamter in dem Dorfe existire, der ein Register über Geburts=, Heiraths= und Sterbefälle führte, und fand, daß dieser Beamte ein alter Mann war, der auch die Schlüssel zur Kirche hatte. Die Kirchenbücher wurden in der Sakristei verwahrt, glaubte meine Wirthin, und der alte Mann hieß Jonas Gorles und wohnte eine halbe Meile entfernt in dem Hause seines Schwiegersohnes. Die Wirthin setzte hinzu, sie wolle ihn sogleich holen lassen, und versicherte, im Laufe einer Stunde würde er da sein. Ich sagte, ich wollte mittlerweile immer voran nach dem Kirchhofe gehen, wohin Mr. Gorles mir nach seiner Bequemlichkeit nachfolgen könnte.

Der Herbstmorgen war frisch und hell wie Früh= jahr, und Huxter's Croß schien mir der herrlichste Ort der Erde zu sein, obschon es weiter nichts ist

als eine Gruppe von Hütten mit einem einzigen grö=
ßeren Gehöft, meinem Gasthaus „zur Elster“, einem
Kramladen, der zugleich das Postbureau ist, und einer
schönen alten normännischen Kirche, welche fern vom
Dorfe liegt und die Spuren besserer Tage an sich
trägt. Nicht weit von der Kirche steht ein altes
Granitkreuz, um welches wilde Blumen und Gras
hoch und üppig wuchern.

Dieses Kreuz bezeichnet die Stelle, wo sonst ein
verkehrsreicher Marktplatz war; alle menschlichen Woh=
nungen aber sind verschwunden, und das Huxter's
Croß von sonst hat jetzt kein anderes Andenken als
diesen zerbröckelnden Stein.

Der Kirchhof war unaussprechlich still und ein=
sam. Ein Rothkehlchen saß auf dem obersten Rande
des alten hölzernen Thors und sang seine muntere
Weise. So wie ich näher kam, hüpfte es von dem
Thore herunter auf die niedrige, moosbewachsene
Mauer und fuhr fort zu singen, während ich an ihm
vorüberging. Ich war in diesem Augenblick auf der
besten Laune, jedem geschaffenen Wesen eine senti=
mentale Anrede zu halten, und deshalb sagte ich mei=
nem Rothkehlchen, es sei ein außerordentlich niedliches
Geschöpf, und ich würde lieber selbst den Tod er=
leiden, als ihm auch nur die Spitze einer Feder
krümmen.

Da ich auch in meinen sentimentalsten Anwand=

lungen meinen Sheldon nicht vergessen durfte, so be=
mühte ich mich, die nachdenkliche Gemüthsstimmung
eines Hervey mit der geschäftsmäßigen Gewecktheit
eines Advocatengehülfen zu verbinden, und während
ich über das gemeinsame Loos der Menschheit nach=
dachte, versäumte ich zugleich nicht, unter den mo=
dernden Leichensteinen einigen Aufschluß über die
Meynells zu suchen.

Ich fand nichts, und doch, wenn Christian Mey=
nell's Tochter auf diesem Kirchhof begraben worden
war, so war der Name ihres Vaters gewiß auch mit
auf ihrem Leichenstein erwähnt.

Ich hatte sämmtliche Grabschriften gelesen, als
das hölzerne Pförtchen in seinen Angeln knarrte und
einen kleinen hagern Mann einließ, der ausdrücklich
für den Posten eines Küsters geschaffen zu sein schien.

Mit diesem alten Mann betrat ich die Kirche von
Huxter's Croß, worin dieselbe moderige Atmosphäre
herrschte, wie in der Kirche zu Spotswold.

Die Sakristei war ein eiskaltes kleines Gemach,
welches früher einmal eine Gruft gewesen; es war
jedoch nicht viel kälter als Miß Judson's bestes Zim=
mer, und ich ertrug die Kälte tapfer, während ich in
den Registraturen der letztvergangenen sechzig Jahre
nachschlug.

Ich suchte vergebens. Nachdem ich alle Namen
der Personen durchgenommen, die seit Anfang des

Jahrhunderts in Huxter's Croß vermählt worden,
sah ich mich dem Geheimniß von Charlotte Meynell's
Heirath nicht näher. Ich dachte nun über alle die
Ungewißheiten nach, welche in Bezug auf diese Hei=
rath vorhanden waren.

Miß Meynell war nach Yorkshire gereist, um die
Verwandten ihrer Mutter zu besuchen; sie hatte in
Yorkshire geheirathet, und der Ort, welchen Anthony
Sparsfield in Verbindung mit dieser Heirath nennen
gehört, war Huxter's Croß.

Daraus aber folgte keineswegs, daß die Vermäh=
lung in diesem obscuren Dorfe stattgefunden hatte.
Miß Meynell konnte eben so gut in Hull oder York
oder Leeds oder irgend einer andern der größeren
Städte der Grafschaft vermählt worden sein. Bei sol=
chen Bürgersleuten war eine Hochzeit ein großartiges
Ereigniß, eine Festlichkeit, und Miß Meynell und
ihre Freunde hatten wahrscheinlich gewünscht, daß
ein solches Fest lieber irgendwo als in dieser alten,
vergessenen Kirche im Gebirge gefeiert werde.

„Ich werde sämmtliche Kirchenbücher in Yorkshire
durchsuchen müssen, ehe ich finde, was ich brauche,"
dachte ich bei mir selbst. „Es müßte denn sein, daß
Sheldon sich dazu verstünde, wegen des Certificats
über die Meynell=Heirath eine öffentliche Bekannt=
machung zu erlassen. Dieselbe könnte kaum von Ge=
fahr begleitet sein, denn der Zusammenhang zwischen

dem Namen Meynell und der Haygarth=Erbschaft ist
ja nur uns bekannt."

Auf diese Idee hin schrieb ich an Georg Shelden
mit der Nachmittagspost und forderte ihn auf, die
Nachkommen von Miß Charlotte Meynell durch eine
öffentliche Bekanntmachung zu suchen.

Charlotte! theurer Name, der meinem Ohr Musik ist!

Es war fast ein Vergnügen, diesen Brief zu schrei=
ben, weil das geliebte Namen wiederholt darin vorkam.

Den nächstfolgenden Tag widmete ich einer Fahrt
durch die Umgegend in einer netten kleinen Chaise,
die ich unter sehr mäßigen Bedingungen von meinem
Wirth miethete. Ich hatte mich mit der Geographie
des umliegenden Landes ein wenig bekannt gemacht
und konnte auf diese Weise jede Dorfkirche innerhalb
eines gewissen Umkreises von Huxter's Croß besuchen.
Mein Nachschlagen in alten bestäubten Büchern und
mein heroisches Dulden von Kälte und Feuchtigkeit
in moderigen alten Kirchen hatte aber nichts zur
Folge als getäuschte Erwartungen.

Nach Einbruch der Dunkelheit kehrte ich ein wenig
entmuthigt und sehr müde, dennoch aber mit meinem
ländlichen Quartier und meiner Adoptiv=Grafschaft
sehr zufrieden, in meine „Elster" zurück. Das Pferd
meines Wirths hatte sich auf wahrhaft musterhafte
Weise bewährt.

In meinem traulichen kleinen Zimmer wurden

Lichter angezündet und die Vorhänge zugezogen, und der Tisch knarrte unter einer jener luxuriösen, in Yorkshire gebräuchlichen Theemahlzeiten, welchen selbst ein Londoner Rathsherr sich versucht fühlen könnte, vor Schildkrötensuppe und Wildpret den Vorzug zu geben.

Gegen Mittag am nächsten Tage brachte mir eine sehr primitive Art Briefträger einen Brief von Sheldon. Dieser scharfsinnige Mann sagte mir, er sei nicht gesonnen, eine öffentliche Bekanntmachung zu erlassen, oder das, was er brauche, sonstwie auf dem Wege der Oeffentlichkeit zu suchen.

„Wenn ich die Oeffentlichkeit nicht scheute, so wäre ich nicht genöthigt, Ihnen wöchentlich ein Pfund zu zahlen," bemerkte er mit angenehmer Offenheit, „denn durch öffentliche Aufforderungen könnte ich in einer Woche mehr Belehrung erlangen, als Sie in einem Jahre zusammentragen können. Ich kenne aber zufällig die Gefahren der Oeffentlichkeit und weiß, daß Manchem dadurch die Beute gerade im entscheidenden Augenblicke wieder entrissen worden ist. Ich will aber damit nicht sagen, daß dies in meinem Falle geschehen könnte, und Sie wissen selbst recht wohl, daß ich die Briefe, welche gleich für den ersten Zug wesentlich sind, in meinem Besitz habe."

Ich verstehe die Bedeutung dieser Worte vollkommen und bin geneigt, das Vorhandensein dieser

wichtigen Papiere stark in Zweifel zu ziehen. Miß=
trauen ist in Sheldon's Gemüth einer der ersten
Grundzüge. Mein Freund Georg schenkt mir Ver=
trauen, weil er muß, aber auch blos so weit als er
muß, und wird mehr oder weniger von dem Gedanken
gequält, daß ich ihm am Ende doch noch hinter's Licht
führe.

Doch kehren wir zu seinem Brief zurück.

„Ich würde Ihnen empfehlen, die Registraturen
jeder Stadt und jedes Dorfs etwa dreißig Meilen im
Umkreise von Huxter's Croß nachzusehen. Wenn Sie
in diesen Registraturen nichts finden, so müssen wir
uns an die größeren Städte halten und mit Hull
beginnen, weil dieses unserem Ausgangspunkt am
nächsten ist. Das Werk wird, fürchte ich, ein müh=
sames und für mich ein kostspieliges sein. Ich brauche
Ihnen kaum nochmals die Nothwendigkeit einzuschär=
fen, Ihre Auslagen auf ein Minimum zu beschränken,
denn Sie wissen, daß es mit meinen Angelegenheiten
verzweifelt steht. Ich bin in pecuniärer Beziehung
so weit herunter, daß ich jeden Tag erwarte, völlig
auf dem Sand sitzen zu bleiben. Und nun will ich
Ihnen mittheilen, was ich Neues zu melden habe.
Ich habe Samuel Meynell's Begräbnißplatz mit un=
endlicher Mühe entdeckt. Mit den Details brauche
ich Sie hier nicht zu langweilen, denn Sie haben in
dieser Beziehung selbst Erfahrungen genug gemacht.

Ich bin froh, daß ich mir das Document verschafft habe, wodurch bewiesen wird, daß er und zwar unvermählt gestorben ist. Die Last des Gegenbeweises würde Dem zufallen, welcher behaupten wollte, daß er von dem genannten Samuel abstamme, und wir wissen, wie ungemein schwierig es einem Solchen fallen würde, überhaupt irgend etwas zu beweisen.

„Nachdem ich auf diese Weise mit Samuel in's Reine war, kehrte ich so schnell als möglich nach London zurück, denn Calais ist im Monat November nicht einer jener romantischen Seebadeorte, welche zum Bleiben verlocken. Ich kam gerade noch zeitig genug, um Ihnen mit der Nachmittagspost schreiben zu können, und nun sehe ich ungeduldig Ihrer Miß Charlotte entgegen. Stets der Ihrige c.

G. S.“

Ich gehorchte meinem Auftraggeber buchstäblich, miethete nochmals die Chaise meines Wirths und begann in weiterem Umkreise Miß Charlottens Heirathsprotokoll zu suchen. Spät am Abend kam ich wieder nach Hause — diesmal vollständig ermüdet — nahm einen Eisenbahnfahrplan zur Hand, um zu sehen, wann ich abreisen könnte, und beschloß nach Hull mit dem Zuge aufzubrechen, welcher die Station Hibling am nächsten Nachmittag vier Uhr passirte.

Müde an Körper und niedergeschlagen an Geist ging ich zu Bett. Warum that es mir so leid, Hur-

ter's Croß zu verlassen? Welcher feine Instinct des
Hirns oder Herzens sagte mir, daß die wüste Gebirgs=
region das höchste Glück der Erde für mich einschlöße?

Der nächstfolgende Morgen war hell und klar.
Ich hörte die Büchsen der Jäger lustig durch die stille
Luft knallen, als ich am offenen Fenster frühstückte,
während ein stattliches Seekohlfeuer mir gegenüber
im Kamin loderte. In der „Elster" ist kein Mangel
an Heizmaterial.

In Yorkshire scheint überhaupt Alles mit ver=
schwenderischer Hand gethan zu werden. Ich habe
die Bewohner von Yorkshire geizig und gemein nen=
nen hören. Als ob Geiz und Gemeinheit in den
Herzen meiner Charlotte wohnen könnten! Meine
eigene Erfahrung in diesem Lande ist erst kurz, ich
kann aber blos sagen, daß meine Freunde in der
„Elster" die Uneigennützigkeit selbst sind, und daß ein
Yorkshire=Thee der Gipfelpunkt ungetrübter Wonne
in Bezug auf Essen und Trinken ist.

Ich habe bei Philipp dinirt; ich kenne jedes Ge=
richt auf dem Speisezettel der Maison dorée; wenn
ich mir aber das Leben unter der furchtbaren Herr=
schaft des Dämons der Unverdaulichkeit zur Last
machen soll, so möge mein Untergang in Gestalt des
Schinkens und der Eier, der knusprigen, goldbraunen
Kuchen und des reinen Honigs dieses nordischen Arkadien
kommen.

Ich sagte meiner freundlichen Wirthin, ich stünde im Begriff, sie wieder zu verlassen, und dies that ihr leid. Sie bemitleidete mich, den Wanderer. Ich dachte an das Gesicht einer Londoner Gastwirthin, wenn sie so plötzlich von der Abreise ihres Gastes unterrichtet wird, und an ihr unterdrücktes Gemurmel über das Unpassende eines solchen Verfahrens.

Nach dem Frühstück ging ich aus, um mir die Zeit nach Möglichkeit zu vertreiben. Ich hatte in Bezug auf moderige Kirchen und bestäubte Registraturen meine Pflicht gethan und glaubte nun das Recht zu haben, die wenigen Stunden, die bis zum Abgang des zwitterhaften Fuhrwerks nach Hibling noch vergehen mußten, mit Nichtsthun hinzubringen.

Ich schlenderte an den kleinen Gruppen Hütten vorüber, bewunderte ihr primitives Ansehen und das Moos auf den rothen Ziegeldächern, die unter der Last der Jahre eingesunken waren.

Alles war unaussprechlich frisch und hell; die kleinen Fensterscheiben funkelten in dem herbstlichen Sonnenschein, die Vögel sangen und abgehärtete rothe Geraniums blühten an den Fenstern der Hütten. Welches Vergnügen oder welche Zerstreuungen hätten die guten Hausfrauen von Huxter's Croß auch von dem häuslichen Genuß des Scheuerns und Putzens abwendig gemacht?

Ich sah jugendliche Gesichter zwischen schneeweißen

12*

Musselinvorhängen hindurch nach mir lugen und fühlte,
daß ich wenigstens einmal in meinem Leben eine wich=
tige Persönlichkeit war, und es war angenehm, zu
wissen, daß man, wenn auch nur für die Augen der
Bewohner von Huxter's Croß, eine gewisse Bedeutung
hatte.

Jenseits der kleinen Häuser und des Postbureaus
gab es drei Straßen, welche sich weit über Hügel und
Moorland hinwegstreckten. Mit zweien dieser Straßen
hatte ich mich gründlich bekannt gemacht, die dritte
aber war für mich noch zu erforschen.

„Nun denn, so laßt uns frische Gefilde und neue
Fluren schauen," sagte ich bei mir selbst, indem ich
meinen Schritt ein wenig beschleunigte und munter
die unbekannte Straße entlang marschirte.

Ganz gewiß haben die Schwankungen des geistigen
Barometers etwas zu bedeuten. Was anders als ein
instinctartiges Bewußtsein nahenden Glücks hätte mich
an diesem Morgen so fröhlich machen können? Ich
sang, während ich auf der unentdeckten Straße dahin
eilte, Bruchstücke aus alten italienischen Serenaden
und Barcarolen, die sich meiner Erinnerung wieder
aufdrängten, als ob ich sie gestern zum ersten Mal
gehört hätte. Der Wohlduft der wenigen noch vor=
handenen wilden Blumen, der Geruch von brennen=
dem Unkraut in der Ferne, der frische Herbsthauch,
der klare blaue Himmel — alles war mir wonnig,

und dieser einsame Spaziergang kam mir vor wie eine Art Erneuungsproceß, aus welchem meine Seele von allen Flecken gereinigt hervorgehen würde.

„Ich habe Georg Shelbon viel zu danken," sagte ich bei mir selbst, „denn durch ihn bin ich genöthigt worden, mich in der Schule der besten Lehrerin der Menschen, in der Einsamkeit, zu erziehen. Ich glaube nicht, daß ich jemals wieder ein richtiger Vagabund werden kann. Diese einsamen Wanderungen haben mich eine Ader des Ernstes in meiner Natur ent= decken lassen, die mir selbst bis jetzt völlig unbekannt war. Wie vollständig sind doch manche Menschen die Geschöpfe ihrer Umgebung! Ein kurzes tête-à-tête mit der Natur aber flößt Widerwillen gegen die Ge= sellschaft der Pagets ein, sei dieselbe auch noch so brillant."

Während ich so moralisirte, versank ich in wonni= ges Träumen. Wie glücklich konnte ich werden, wenn das Schicksal mir Charlotte und dreihundert Pfund jährlich schenkte. Bei nüchterner Stimmung begehrte ich so viel irdischen Reichthum, blos um ein Nest für meinen Vogel auszustatten. In meinen romantischeren Augenblicken verlangte ich vom Schicksal weiter nichts als Charlotte.

„Gieb mir den Vogel ohne das Nest, o Glück!" rief ich, „und wir wollen mit einander nach einem pfadlosen Walde fliegen, wo es für nestlose Vögel

Obdach und Beeren giebt. Wir wollen jenem köst-
lichen Vagabundenbrautpaar in Paris nachahmen,
welches sich in einer Dachstube ansiedelte und als das
Brennmaterial alle war, die nach seinem Himmel
heraufführende Treppe zerhackte, bis dieselbe verbrannt
war und die arme kleine Frau, als sie eines Morgens aus ihrer Thür herausschaute, sich am Rande
eines Abgrunds sah. Und dann kam der wüthende
Hauswirth und verlangte Ersatz. Dicht hinter dem
Hauswirth aber kam die gute Fee aller Liebesge-
schichten mit dem Pactolus in ihrer Tasche. Ja, ja,
für wahrhaft Liebende giebt es stets eine Vorsehung."

Während dieses Selbstgesprächs war ich von dem
unfruchtbaren Moor hinweg in die Regionen der Cul-
tur gekommen. Die nett verschnittenen Hecken zu beiden Seiten des Wegs zeigten mir, daß die Straße
jetzt zwischen angebauten Feldern hinführte. Ich befand mich an der Grenze eines weiter aufwärts ge-
legenen Landguts. Ich sah Schafe auf einem braunen
Feld jenseits der Hecke weiden und in der Ferne das
rothe Ziegelbach des Landguts selbst.

Ich sah auf meine Uhr und fand, daß ich noch
eine halbe Stunde übrig hatte. Deshalb ging ich immer weiter auf das Gehöft zu, denn ich wollte gern
sehen, was für eine Wohnung es sei. In einer einsamen Landschaft wie diese hat jeder Wohnort für
den Wanderer eine gewisse Anziehungskraft.

So ging ich weiter, bis ich an ein weißes Gar=
tenthor kam, an welchem eine mädchenhafte Gestalt
lehnte.

Es war eine anmuthige Gestalt, in jenes halb=
malerische Costüm gekleidet, welches seit einigen Jah=
ren von den Frauen angenommen worden ist. Das
helle Blau einer Blouse ward durch das nüchterne
Grau eines Rocks gemildert, und ein hellfarbiges Band
schimmerte durch üppige Flechten braunen Haars.

Das Gesicht der jungen Dame war von mir ab=
gewendet. In der Haltung des Kopfes aber, in der
Form des festen, vollen Halses lag aber etwas, was
mich an —

Indessen, wenn der Mensch bis über die Ohren
verliebt ist, dann erinnert ihn alles in der Schöpfung
mehr oder weniger an sein Idol. Der fromme Ka=
tholik giebt alle seine Güter für die Ausschmückung
einer Kirche hin, der echte Liebende dagegen widmet
alle seine Gedanken der Errichtung seines einen theuren
Bildes.

Die junge Dame drehte sich, als ich mich näherte
und meine Tritte auf dem Kies knisterten, herum.
Sie drehte sich herum und zeigte mir das Antlitz
Charlottens Hallibay.

Ich muß die Nachwelt um Verzeihung bitten,
wenn ich in diesem Stadium meiner Geschichte eine
Lücke lasse.

Es giebt Saiten im menschlichen Herzen, welche
besser unberührt bleiben, und ebenso giebt es Gefühle, die nur durch die Feder eines Dichters ge-
schildert werden können. Ein Dichter aber bin ich
nicht, und wenn mein Tagebuch so glücklich ist, der
Nachwelt als Bild eines reuigen Vagabunden von
einigem Nutzen zu sein, so darf sie mir wegen meiner
Unfähigkeit in Bezug auf sentimentale Schilderungen
nicht zürnen.

Viertes Capitel.

Im Paradies.

——

Wir — meine Charlotte und ich — standen an dem weißen Gartenthor und sprachen mit einander.

Das alte rothe Ziegeldach, welches ich von Weitem gesehen, schirmte das Mädchen, welches ich liebe. Das einsame Gehöft, welches ich aus bloßer Laune in Augenschein zu nehmen gewünscht, war das Haus, in welchem meine theure Geliebte weilte. Hierher, in diese einsame Gegend, war sie aus der zierlichen gothischen Villa in Bayswater gekommen.

Ha, welches Glück, sie hier zu finden, fern von allen jenen an die Actienbörse erinnernden Umgebungen — hier, wo unsere Herzen sich unter dem göttlichen Einfluß der Natur erschlossen!

Ich fürchte, ich war an jenem Tage, wo wir in Kensington Gardens schieden, eingebildet genug, mich

geliebt zu glauben. Ein Blick, ein Ton — zu äthe=
risch, um definirt werden zu können, erfüllte mich mit
einer plötzlichen, so himmlischen Hoffnung, daß ich
an ihre Verwirklichung selbst nicht glauben konnte.

„Sie ist eine Kokette," sagte ich bei mir selbst.
„Die Koketterie ist einer der Reize, welche die Natur
diesen bezaubernden Creaturen verleiht. Jener kleine
selbstbewußte Blick, welcher dieses schwache Herz so
tumultuarisch aufregte, ist ihr ohne Zweifel eigen,
sobald sie sich geliebt und bewundert sieht, und hat
keine Bedeutung, die meinen thörichten Hoffnungen
schmeicheln könnte."

So hatte ich während der traurigen Zwischenzeit,
wo Miß Hallidah und ich getrennt gewesen waren,
immer und immer wieder zu mir selbst gesagt. Aber,
o welch eine abgehärtete, dauernde Blüthe muß die
Hoffnung sein! Die zarten Knospen können durch
den herabschmetternden Hagel des gesunden Men=
schenverstands nicht vernichtet werden. Sie haben
alle meine philosophischen Betrachtungen überdauert
und sich heute beim Anblick von Charlottens Gesicht
plötzlich zur Blume entfaltet.

Sie liebte mich, und sie war erfreut, mich zu
sehen. Das war es, was ihr strahlendes Gesicht mir
sagte, und konnte ich wohl weniger thun, als das
süße Geständniß glauben?

Während der ersten wenigen Augenblicke konnten

wir kaum mit einander sprechen, und dann begannen wir mit den gewöhnlichen hergebrachten Gemeinplätzen.

Sie sagte, wie sehr sie erstaune, mich an diesem abgelegenen Orte zu sehen. Daß ich in Huxter's Croß Geschäfte gehabt hatte, durfte ich nicht sagen, und deshalb sah ich mich genöthigt, meiner Geliebten eine Unwahrheit aufzutischen und zu erklären, ich hätte blos einen Ausflug in's Gebirge machen wollen.

„Aber wie kommt es, daß Sie gerade Huxter's Croß zum Ziel Ihres Ausflugs gewählt haben?" fragte sie naiv.

Ich sagte ihr, der Ort sei mir von Jemandem in der City, nämlich meinem guten Sparsfield, gelobt worden.

„Und Sie hätten auch an gar keinen bessern Ort kommen können," rief Charlotte, „obschon es Leute giebt, welche ihn den allerlangweiligsten von der Welt nennen. Dieses Haus hier gehörte meiner lieben Tante Mary, der Schwester meines Papa, wissen Sie. Großpapa Hallibah hatte zwei Güter. Dies hier ist das eine und Hyley war das andere. Hyley war weit größer und besser als dieses, wissen Sie, und es ging auf meinen armen Papa über, welcher es kurz vor seinem Tode verkaufte."

Charlottens Gesicht umwölkte sich, als sie von dem Tod ihres Vaters sprach.

„Ich kann selbst jetzt diesen Todesfall immer noch

nicht ohne Schmerz erwähnen," sagte sie leise, „ob=
schon ich, als er eintrat, erst neun Jahr` alt war.
Mit neun Jahren aber kann man schon viel leiden."

Dann, nach einer kleinen Pause, fuhr sie fort von
ihrer Heimath in Yorkshire zu sprechen.

„Meine Tante und mein Onkel Mercer sind sehr
freundlich gegen mich, obschon sie beide eigentlich nicht
wirklich mit mir verwandt sind. Meine Tante Mary
starb sehr jung, als ihr erstes Kind geboren war,
und das arme Kind starb auch. Onkel Mercer
erbte das Besitzthum von seiner Frau. Nach zwei
Jahren heirathete er wieder, und seine zweite Frau
ist das beste, gutherzigste Wesen von der Welt.
Ich nenne sie stets Tante, denn auf die Schwester
meines seligen Papa kann ich mich gar nicht be=
sinnen, und keine Tante, die je gelebt, könnte gütiger
gegen mich sein als Tante Dorothy. Ich bin alle=
mal so glücklich hier," fuhr Charlotte fort. „Es ist
ein förmlicher Genuß, einmal aus unserer gothischen
Villa fortzukommen — natürlich thut es mir allemal
leid, Mama verlassen zu sollen. — Wie widerwärtig
sind jene steifen Frühstücke, wobei Mr. Sheldon's
Zeitungen fortwährend knistern, und die noch steiferen
Diners, wo eine kerzengerad dastehende Dienerin
Einen fortwährend angafft und, sobald man etwas
lauter als gewöhnlich Athem holt, Gemüse bringt,
die man nicht haben will. Hier dagegen ist der Tem=

pel der Freiheit. Onkel Joe — Tante Dorothy's
Gatte — ist der gutmüthigste Mensch von der Welt und
von Mr. Sheldon in jeder Beziehung gerade das Gegen=
theil. Ich will damit nicht etwa sagen, daß mein Stief=
vater unfreundlich gegen mich sei. O nein, er ist stets
sehr gut gegen mich gewesen — viel besser, als ich es
verdient habe. Onkel Joe's Thun und Wesen ist aber
ein ganz anderes. Ich bin überzeugt, er wird Ihnen
gefallen, und ebenso weiß ich, daß Sie ihm gefallen
werden, denn er hat alle Menschen lieb, der gute
Mann. Sie müssen uns recht oft besuchen, denn New=
hall Farm ist ein offenes Haus und jeder Fremdling,
der diese Schwelle überschreitet, ist willkommen."

Meine Pflicht gegen meinen Sheldon verlangte,
daß ich, so schnell meine Füße mich trügen, zu=
rück nach Huxter's Croß eilte, um zeitig genug mit
dem Zwitterfuhrwerk nach der Station Hibling zu
gelangen, während dieses liebe Mädchen mich einlud,
zu verweilen, und mir einen herzlichen Willkommen
in dem Hause versprach, welches durch ihre Nähe
zum Paradies gemacht ward.

Ich warf einen Blick auf meine Uhr. Es wäre
mir jetzt unmöglich gewesen, noch zeitig genug nach
Huxter's Croß zu gelangen, um den Wagen be=
nutzen zu können. Das Gewissen flüsterte mir zu,
daß ich ja die kleine Chaise meines Gastwirths und
einen Knaben miethen könnte, der mich nach Hibling

führe. Das Geflüster des Gewissens war aber sehr
schwach und die Liebe rief laut: „Bleibe bei Charlotte!
Zum ersten Mal in Deinem Leben wird Dir über-
schwengliches Glück geboten. Ein Narr wärest Du,
wenn Du ein so seltenes Geschenk wegwürfest."

Ich lieh diesem letzteren Rathgeber mein Ohr.
Die Interessen meines Sheldon flogen über Bord
und ich blieb neben dem weißen Pförtchen stehen und
plauderte mit Charlotte, bis es viel zu spät war, um
noch auf das vorwurfsvolle Murmeln des Gewissens
in Bezug auf die kleine Chaise des Wirths zu achten.

Meine Charlotte — ja, ich bin so kühn, sie m e i n
zu nennen — ist in der Landwirthschaft sehr klug.
Sie belehrte mich, den Stocklondoner, in Bezug auf
Bodenbeschaffenheit und setzte mir auseinander, daß
das Besitzthum ihres Onkels ein allzu sandiges sei;
allerdings erheische es in Bezug auf Entwässerung
keinen großen Kostenaufwand, liefere aber dafür auch
keineswegs sehr ergiebige Ernten.

Das Haus liegt sehr malerisch und hat einen
gewissen feinen Anstrich, der meinem verwöhnten Geschmack gefällt. Es steht auf einer hier und da
mit Bäumen bewachsenen Wiese, die ein fast park-
ähnliches Ansehen hat. Allerdings weiden keine statt-
lichen Hirsche und Rehe auf diesem grünen Rasen,
sondern nur schüchterne nützliche Schafe, und nur we-

nige Wagen rollen den geschlängelten breiten Kies=
weg entlang, der nach dem Hause führt.

Ich fühlte mich von einer plötzlichen Begier, mich
in landwirthschaftlichen Dingen zu unterrichten, er=
griffen, als ich so meiner Charlotte zuhörte. Ich
wünschte zu wissen, ob in Newhall Farm nicht viel=
leicht eine Hirtenstelle vacant wäre. Welcher Dienst
wäre so niedrig, daß ich ihn nicht um meiner theuren
Charlotte willen verrichten möchte? O, wie seufzte
ich nach den Tagen Jakob's und wie wünschte ich, sie=
ben Jahre und dann noch einmal sieben Jahre um
meine Rahel dienen zu können!

Ich blieb an dem weißen Thor stehen und gab
alle Gedanken an die Instructionen meines Georg
Sheldon auf. Ich dachte an weiter nichts, als daß
ich bei Charlotte Halliday war, und ich würde meine
Stellung nicht aufgegeben haben, selbst wenn man
mich zum Lordkanzler von England hätte machen
wollen.

Nach einer Weile kam Onkel Joe mit einem
freundlichen, dunkelrothen, unter einem Filzhut her=
vorstrahlenden Gesicht, um Lotta zu sagen, daß das
Mittagsmahl fertig wäre. Ich ward ihm natürlich
sofort vorgestellt.

„Mr. Mercer, mein lieber Onkel Joseph — Mr.
Hawkehurst, ein Freund meines Stiefvaters," sagte
Charlotte.

Zwei oder drei Minuten später wandelten wir alle drei über den parkähnlichen Rasenplatz nach dem gastfreundlichen Hause, denn der Gedanke, daß ich fortginge, ohne erst gespeist zu haben, kam diesem freundlichen Landwirth ungeheuer abgeschmackt vor.

Abgesehen von dem Nimbus, der in meinen Augen natürlich jedes von Charlotte Halliday bewohnte Haus umgeben mußte, behaupte ich, daß Newhall Farm das köstlichste alte Haus ist, welches es in der Welt geben kann. Man findet darin herrliche alte Zimmer mit tiefen Fenstersitzen, hohe Kaminsimse, die riesigsten Feuerstätten, geheimnißvolle Alkoven und Gänge, kleine Treppen an Stellen, wo man sie gar nicht erwartet hätte, und alte Eckglasschränke mit altem Porzellan — alles erinnert an die Vergangenheit.

In der einen Ecke steht ein uraltes Spinnrad, in einer andern ein Armstuhl, der schon zur Zeit der Königin Anna altmodisch gewesen sein muß, und an den Wänden herum sieht man sehr geräumige Sophas, allerliebste Mahagonysecretäre und Bureaux mit blanken Messingverzierungen und Beschlägen, während über alles der Geruch von Rosenblättern und Lavendel ausgebreitet ist. In den letztvergangenen Tagen habe ich mich mit jedem Winkel des lieben alten Hauses vertraut gemacht, an jenem ersten Tage aber erfuhr ich natürlich blos einen allgemeinen Eindruck von seinem antiquirten Aussehen und heimischen Behagen. Ich

speiste mit an demselben anspruchslosen Tische, an
welchem meine Charlotte vor Jahren gesessen, als sie
noch in einen hohen Stuhl placirt werden mußte
und mit dem Gebrauch von Messer und Gabel nur
sehr wenig vertraut war. Onkel Joe und Tante
Dorothy erzählten mir dies in ihrer angenehmen
freundlichen Weise, während die junge Dame erröthend
dabeisaß und zuhörte.

Worte sind nicht im Stande, zu schildern, welcher
Genuß es für mich war, so von der Kindheit meiner
Geliebten erzählen zu hören.

Ich verbannte meinen Sheldon für den Augenblick vollständig aus meiner Erinnerung und gestattete
mir, mich so glücklich zu fühlen, als ob ich der Herr
von Berg und Thal gewesen wäre und meiner Charlotte mit dem Herzen, welches sie so innig liebt, zehntausend Pfund jährliche Einkünfte zu bieten gehabt
hätte.

Was wir speisten, weiß ich nicht. Ich weiß blos,
daß Alles köstlich und reichlich und daß die Gastfreundschaft meiner neuen Freunde grenzenlos war.
Wir waren ganz ungezwungen gegen einander, und
unser Gelächter hallte von den breiten Balken wieder,
welche die alte Decke trugen.

Hätte ich von meinem Herzen noch ein kleines
Bruchstück besessen, so hätte ich es ohne Zögern meiner Tante Dorothy — doch ich bitte um Verzeihung! —

der Tante meiner Charlotte geschenkt, denn diese ist
die freundlichste munterste Frau, welche ich je kennen
gelernt, und das herrlichste uneigennützigste Gemüth
strahlt aus ihren offenen blauen Augen.

Charlotte scheint mit großer Liebe an ihrem Vater
gehangen zu haben, dem armen Schelm, der in Philipp Sheldon's Hause starb. Die Mercers sprachen
viel von Thomas Halliday, dem sie mit warmer Zu-
neigung zugethan gewesen zu sein scheinen. Ebenso
sprachen sie auch sehr freundlich von den beiden Shel-
dons, die sie als junge Männer in der Stadt Bar-
lingford gekannt haben; ich glaube aber, weder Onkel
Joseph noch Tante Dorothy sind fähig, das stille
Wasser eines Sheldon-Gemüths zu ergründen.

Nach Tische führte Onkel Joe uns in seiner
Oekonomie herum. Der letzte Getreidefeim war eben
eingedeckt worden und es herrschte nun friedliche Stille
in der landwirthschaftlichen Welt. Wir gingen in
ein Viereck, welches von Geflügelställen eingefaßt war
und wo ich mehr Federvieh sah, als ich jemals in
meinem Leben beisammen gesehen.

Von da ging es zur Besichtigung der Schweine,
und es war angenehm, selbst diese gemeinen zänkischen
Grunzer in Augenschein zu nehmen. Charlottens
Gegenwart verbreitete ein verklärendes Licht selbst
über die gemeinsten Gegenstände, und o wie sehnte
ich mich, ein Landwirth zu sein wie Onkel Mercer

und mein Leben Charlotten und dem Ackerbau zu
widmen!

Als Onkel Joe die Honneurs seiner Wirthschafts=
höfe und Dreschmaschinen gemacht hatte, verließ er
uns, um seinen Nachmittagspflichten zu genügen, und
wir wanderten mit einander über die luftigen Fluren
nach unserem Belieben, oder vielmehr nach Charlottens
Belieben, denn was konnte ich weiter thun als ihr
folgen, wohin es ihr gefiel mich zu führen?

Wir sprachen von vielen Dingen — von dem
Vater, den sie so innig geliebt und dessen Andenken
ihr Herz immer noch mit Trauer erfüllte, von ihrer
alten Heimath in Hyley, von ihren Besuchen bei
diesen lieben Mercers, von ihren Schultagen und
ihrer neuen ungeliebten Heimath in der schönen Villa
zu Bayswater. Sie sprach sich mit einem Vertrauen
gegen mich aus wie noch nie zuvor, und als wir in
der kühlen Herbstdämmerung endlich den Rückweg
nach dem Hause einschlugen, hatte ich der Holden
meine Liebe bekannt und von ihr das süße Geständ=
niß ihrer Gegenliebe vernommen.

Nie habe ich ein so vollkommenes Glück gekannt
wie das, welches ich empfand, als wir so mit ein=
ander heimwärts gingen — ja heimwärts, denn dieses
alte Haus muß fortan ebenso meine Heimath sein
wie die ihrige, und jede Wohnung, die sie liebt, ist
auch ein Lieblingsaufenthalt für mich. Nüchterne

Ueberlegung sagt mir, wie leichtsinnig und unklug
mein ganzes Verhalten in dieser Angelegenheit gewesen ist, aber wann giengen Liebe und Klugheit wohl
je Hand in Hand?

An diesem wonnigen Nachmittag waren wir Kinder, Charlotte und ich, und wir gestanden einander
unsere Liebe, wie Kinder gethan haben würden, ohne
Gedanken an die Zukunft.

Seit dieser Zeit sind wir beide klüger geworden
und stimmen in Bezug auf unsere Unklugheit und
Thorheit völlig überein. Obschon wir aber uns bemühen, die Zukunft auf die ernsteste Weise in's Auge
zu fassen, so sind wir doch in der Gegenwart zu
glücklich, um die Schwierigkeiten und Gefahren zu
analysiren, von welchen unser Pfad umringt ist.

Ganz gewiß giebt es eine Vorsehung für unkluge
Liebende.

Der Novemberthau fiel dicht und die November-
luft war kühl, als wir nach dem Hause zurückwan-
delten. Es that mir leid, daß an diesem Abend die
Atmosphäre von solcher Feuchtigkeit durchdrungen war.
Dieselbe stand im Widerspruch mit der neuen Wärme
in meinem Herzen. Ich drückte die kleine Hand
meiner Theuren fester an meine Brust, und war mir
der Hindernisse meines künftigen Glücks eben so wenig bewußt als des Bodens, auf dem ich wandelte,

denn es war mir, als schwebte ich darüber hin, ohne ihn mit meinen Füßen zu berühren.

Unsere Stühle erwarteten uns an Tante Dorothy's Theetische. Nach Tische spielten wir Whist, und ich muß gestehen, daß meine Göttin ganz abscheulich schlecht spielte und Fehler machte, welche gegen die einfachsten Regeln verstießen.

Ich blieb bis um zehn Uhr, ohne an die weite Strecke zu denken, die mich von der „Elster" trennte. Dann ging ich in dem schwachen Sternenlicht allein nach Hause, obschon mein freundlicher Wirth sich bereit erklärte, mir einen Einspänner zu leihen. Die guten Leute hier leihen einander Wagen so bereitwillig, wie man in London sich gegenseitig einen Regenschirm leiht.

Ich kehrte allein nach Huxter's Croß zurück, und der lange einsame Weg war mir sehr angenehm.

Als ich so entlang wandernd zu den Sternen aufblickte, konnte ich nicht umhin, an jene alten Verse zu denken:

„Wär'st Du die Erde, Theure, ich der Himmel,
So sollte meine Liebe scheinen wie die Sonne
Auf Dich hernieder mit zehntausend Augen,
Bis blind der Himmel wäre und verkohlt die Erde."

Ich hatte während dieses langen nächtlichen Wegs vollauf Muße zum Nachdenken.

Ich konnte nicht umhin, mich über mich selbst zu

wundern, wenn ich auf dieselbe Zeit im vorigen Jahr
zurückblickte und der Abende gedachte, die ich in Pariser
Kaffeehäusern dritten Ranges, Domino spielend und
durch verfälschtes Getränk meine Gesundheit ruinirend,
zugebracht hatte.

Jetzt dagegen schmause ich süßen Kuchen und Ho-
nig, und finde einen paradiesischen Genuß darin, in
einem Haus auf dem Lande Whist zu spielen. Ich
bin jetzt zehn Jahr jünger als ich vor zwölf Monaten war.

Ja, Gott sei Dank, daß er mir den Erlöser ge-
sendet!

Ich nahm den Hut ab und stammelte unter dem
ruhigen Himmel ein leises Dankgebet. Ich schämte
mich fast, den Klang meiner eigenen Stimme zu
hören. Es war, wie wenn ein schüchternes Kind zum
ersten Male den Namen seines Vaters lallt.

Fünftes Capitel.

Zu schön, um lange zu dauern.

— ..

Bei meinem vertraulichen Zwiegespräch mit meinem theuren Mädchen hatte ich ihr weder etwas von dem Gegenstand meiner eigentlichen Mission in Yorkshire, noch von der Thatsache gesagt, daß ich Huxter's Croß schleunigst verlassen mußte, um weitere Entdeckungsreisen nach dem Archiv der Meynells anzutreten. Wie konnte ich es über mich gewinnen, ihr zu sagen, daß ich sie verlassen müßte? Und wie weit weniger war ich im Stande, dies auch wirklich zu thun?

Mit verzweiflungsvoller Rücksichtslosigkeit gegen die ganze Welt und mich nur dem Gefühl meines Glücks hingebend, beschloß ich, trotz Sheldon und den Sheldon'schen Interessen mir einige Tage Ferien zu geben.

„Bin ich denn ein Sclave?" fragte ich mich selbst, „bin ich denn ein Sclave, daß ich mich für den kläglichen Lohn von zwanzig Schillingen die Woche nach Belieben hierhin und dorthin schicken lassen soll?"

Ich schrieb an meinen Sheldon und sagte ihm, ich hätte in der Nachbarschaft von Huxter's Croß Freunde gefunden, in deren Umgang ich einige Tage zu verleben wünschte. Dann würde ich meine Arbeiten wieder aufnehmen und mein Möglichstes thun, um die versäumte Zeit wieder einzubringen.

Ich besaß noch den Rest von meinen geborgten dreißig Pfund und kam mir unter diesen nordischen Hügeln vor wie ein Millionär.

Dreitausend Pfund zu fünf Procent — dies sind jährlich hundertundfünfzig Pfund. Ich war überzeugt, daß mit diesem Einkommen und dem Ertrag meiner Thätigkeit Charlotte und ich gegen alle Stürme des Lebens gesichert sein könnten.

O, welch ein Glück müßte es sein, für sie zu arbeiten! Ich bin noch nicht zu alt, um das Leben von Neuem zu beginnen; nicht zu alt, um noch Jurist zu werden; nicht zu alt, um mich als Journalist emporzuarbeiten; nicht zu alt, um mich in ein achtbares Glied der Gesellschaft zu verwandeln.

Nachdem ich meinen Brief an Sheldon abgesendet, machte ich mich schleunigst wieder auf den Weg nach Newhall Farm. Ich war von Onkel Joseph

und Tante Dorothy ein= für allemal eingeladen wor=
den, sie so oft als möglich zu besuchen, aber ich rich=
tete es mit geziemender Bescheidenheit so ein, daß ich
erst nach Tische eintraf.

Ich traf Charlotte allein in dem traulichen, alt=
väterischen Wohnzimmer, denn Tante Dorothy war
mit häuslichen Verrichtungen in der Küche beschäftigt,
und Onkel Joseph machte seine gewöhnliche Nach=
mittagsrunde unter den Schweineställen und Dresch=
maschinen.

Später entdeckte ich, daß Miß Hallidah zeither
gewohnt gewesen war, ihren freundlichen Verwandten
auf diesen Inspectionswanderungen zu begleiten, heute
aber hatte sie sich über Kopfweh beklagt und vorge=
zogen, zu Hause zu bleiben. Dennoch aber waren
wenig Symptome von Kopfweh an ihr zu bemerken,
als ich sie an dem Bogenfenster stehen und auf den
Weg, den ich kam, hinausschauen sah. Das Gesicht
Aurora's selbst konnte kaum strahlender oder frischer
sein als das Erröthen der Theuren, als ich von dem
mir nun zustehenden Vorrecht Gebrauch machte und
sie mit einem Kuß begrüßte.

Wir setzten uns in die Fensterbrüstung und plau=
derten, bis die Schatten der Dämmerung sich über
den Rasen stahlen und die Schafe unter lustigem
Glockengeläut und dem Bellen wachsamer Hunde fort
in ihre Hürde getrieben wurden.

Mein Mädchen sagte mir, unser Geheimniß sei von den durchbringenden Augen ihrer Tante und ihres Onkels bereits entdeckt worden. Sie hatte von beiden, wie es schien, den ganzen Tag über die unbarmherzigsten Neckereien zu erdulden gehabt, beide aber hatten in ihrer arkadischen Unschuld und Unwissenheit sich zugleich über meine Bewerbung höchst beifällig ausgesprochen.

„Sie sind Dir sehr gewogen, Valentin" sagte meine Lotta in heiterem Tone. „Ich glaube aber, sie denken, ich kenne Dich schon seit weit längerer Zeit, als dies wirklich der Fall ist, und sie halten Dich für einen ganz intimen Freund meines Stiefvaters. Es kommt mir fast vor wie ein Betrug, die guten Leute bei diesem Glauben zu lassen; ich habe aber, offen gestanden, nicht den Muth, die Wahrheit zu sagen. Für wie thöricht würden sie mich halten, wenn sie wüßten, seit wie kurzer Zeit erst ich Dich kenne!"

„Du kennst mich zwanzigmal länger, als Julie ihren Romeo kannte, als sie in der Zelle des Mönchs zusammenkamen, um sich zu vermählen," entgegnete ich.

„Ja, das war eben auf dem Theater, wo Alles rasch gehen muß." bemerkte Charlotte. „In unserer Pensionsschule waren wir Alle der Ansicht, daß Julie sehr leichtsinnig und unüberlegt gehandelt habe."

„Die Dichter glauben alle an Liebe auf den ersten Blick, und ich wette, daß unser guter Onkel Joe sich, nachdem er zwei= oder dreimal mit Tante Dorothy getanzt, sich Hals über Kopf in sie verliebt hat," sagte ich.

Hierauf wurden wir ernsthaft, und ich sagte Char= lotten, ich hoffte sehr bald im Besitz eines kleinen festen Einkommens zu sein und mich für einen be= stimmten Beruf entschieden zu haben. Ich fügte hinzu, daß sie selbst der mächtigste Sporn, der mich dazu triebe, und daß mir vor der Zukunft durchaus nicht bange sei.

Ich machte sie darauf aufmerksam, daß ihrem Stiefvater keine gesetzliche Autorität über sie zustehe, und daß, da das Testament ihres Vaters sie aus= schließlich unter die Vormundschaft ihrer Mutter ge= stellt, sie auch nur diese um ihre Einwilligung anzu= gehen habe.

„Ich glaube, meine arme gute Mama ließe mich einen Straßenkehrer heirathen, wenn ich meinte und erklärte, ich würde mich unglücklich fühlen, wenn ich ihn nicht heirathen dürfte," sagte Charlotte; „aber Du weißt wohl, Mama wünscht blos, was Mr. Shel= ton wünscht; sie denkt, was er sie denken heißt, und wenn er sich g e g e n unsere Heirath erklärt —"

„Was er ganz gewiß thun wird," warf ich ein.

„So wird er in jener ihm eigenthümlichen ruhi= gen, beharrlichen, logischen Weise auf sie einwirken, daß sie zuletzt ebenso dagegen ist wie er selbst."

„Aber selbst Deiner Mutter steht keine gesetzliche Gewalt über Dich zu, meine theure Charlotte. Bist Du nicht an Deinem letzten Geburtstag mündig geworden?"

Charlotte antwortete mit Ja.

„Nun, dann steht es Dir auch frei, zu heirathen wen Du Lust hast, und da Du, wie ich mit Freuden sagen kann, keinen Sixpence eigenen Vermögens besitzest, so braucht auch keine lange Erörterung in Bezug auf Mitgift oder Nadelgeld stattzufinden. Wir können uns an irgend einem schönen Morgen, den Du zu bestimmen beliebst, vermählen und dann allen Stiefvätern der ganzen Welt Trotz bieten."

„Ach, wie wünschte ich um Deinetwillen, daß ich Vermögen hätte!" sagte Charlotte seufzend.

„Freue Dich vielmehr um meinetwillen, daß Du keins hast," antwortete ich. „Du hast keine Idee von den erbärmlichen Verwickelungen und Verlegenheiten, welche ihren Grund in dem Besitz von Geld haben. Es giebt keine ärgere Sclaverei als die des Reichthums, und der wahre freie Mensch ist der arme Teufel, der sein ganzes Besitzthum mit seinem abgeschabten Hute bedeckt."

Ich fragte hierauf Charlotte, ob sie gefaßt wäre, sich mit einer bescheideneren Stellung zu begnügen, als welche sie in der Villa ihres Stiefvaters einnähme.

„Wenn wir einander heirathen," sagte ich, „so ist
freilich von Equipagen und Dienerschaft keine Rede,
und ich kann Dir nichts bieten als ein kleines ge=
miethetes Haus, wo Du Dich mit einem einzigen
Küchenmädchen behelfen mußt. Ueberlege dies reiflich,
Charlotte, und frage Dich, ob Du einen solchen Tausch
ertragen könntest."

Charlotte lachte, als ob die Aussicht, die ich ihr
eröffnet, das herrlichste Bild wäre, welches sich den
Augen eines Sterblichen darbieten könnte.

„Glaubst Du, ich mache mir etwas aus Equipage
und Dienerschaft?" rief sie. „Wenn meine Mama
nicht wäre, so wäre mir die ganze gothische Villa
mit allen ihren Einrichtungen gründlich verhaßt. Du
siehst mich hier so glücklich, hier, wo von Eleganz
keine Rede ist und —"

„Ich muß Dir aber im Voraus sagen, daß wir
wenigstens zu Anfang unserer häuslichen Carrière kei=
nen solchen Tisch führen könnten, wie er hier geführt
wird," bemerkte ich.

„O, Tante Dorothy schickt uns Körbe voll Ge=
flügel und Kuchen, und übrigens können wir von
Brod und Wasser leben."

Auf diese Erklärung hin versprach ich meiner Ver=
lobten für die Zukunft ein Haus in Cavendish oder
Portman Square und einen besser gebauten Landau

als Mr. Sheldon's. Wenn diese hellleuchtenden Augen
meine Polarsterne blieben, dann fühlte ich mich auch
in der That stark genug, die steile Höhe zu erklim=
men, welche zu Reichthum und Ansehen führt.

Nachdem wir uns in der Dämmerung nach Her=
zenslust ausgeplaudert hatten, erschien Tante Dorothy
in Begleitung eines stämmigen Hausmädchens mit
angezündeten Lichtern und eines zweiten, welches ein
schwerbeladenes Theebret trug.

Beide beeilten sich, ein schneeweißes Tischtuch auf=
zulegen und Alles zu dem bevorstehenden Banket
herzurichten.

Nach einer Weile kam auch Onkel Joseph, der
einen kleinen Anflug vom Geruch des Viehhofs mit=
brachte, und er und Tante Dorothy waren während
des geselligen Mahls, das nun folgte, außerordentlich
freundlich und liebenswürdig.

Nach dem Thee spielten wir wieder Whist, und
Tante Dorothy und ich erfochten eine Reihe leichter
Siege über Charlotte und Onkel Joe. Ich fühlte
mich in diesem einfachen häuslichen Cirkel mit jeder
Stunde vollständiger heimisch und erfreute mich der
stolzen Stellung eines erklärten Liebhabers.

In Bezug auf die Zustimmung oder den Wider=
spruch Mr. Philipp Sheldon's und seiner Gattin
machten sich meine arkadischen Freunde eben so wenig

Sorge, als sie nach meinen Aussichten für die Zu=
kunft oder nach meiner Vergangenheit fragten.

Sie sahen, daß ich das gute Mädchen liebte, sie
sahen, daß Charlotte mich wieder liebte, und sie selbst
hingen mit so großer Liebe an ihr, daß sie bereit
waren, ihr Herz ohne Rückhalt dem Mann zu öffnen,
der sie anbetete und von ihr geliebt ward, mochte er
nun reich oder arm, vornehm oder gering sein. Eben=
so wie sie ihr vor zehn oder zwölf Jahren, ohne nach
Preis oder Angemessenheit zu fragen, die Puppe geschenkt
hatten, die sie einmal haben wollte, ebenso ertheilten
sie auch jetzt in Bezug auf den Mann ihrer Wahl
ihre freundliche und bereitwillige Zustimmung.

„Ich weiß, Philipp Sheldon ist ein Mann, der haupt=
sächlich an sich selbst denkt," sagte Onkel Joe im Laufe
einer Unterredung über die Zukunft seiner Nichte, „und
ich wollte wetten, daß Sie einen schweren Stand mit
ihm haben werden, besonders da der arme Tom durch
sein Testament sein ganzes Geld Georgina vermacht
hat, womit natürlich gesagt ist, daß Sheldon die Ver=
fügung darüber hat."

Ich versicherte Onkel Joe, daß Geld das Aller=
letzte sei, was ich begehrte.

„O, dann sehe ich freilich nicht ein, warum er
Ihnen Charlotte nicht geben sollte," entgegnete Mr.
Mercer, „und wenn sie auch um das Geld ihres ar=
men Vaters betrogen wird, so soll sie doch nicht um

das betrogen werden, was ihre Tante und ihr alter Onkel einmal hinterlassen werden."

So versprachen diese würdigen Leute mir eine Erbin, ohne davon mehr Aufhebens zu machen, als wenn sie mir eine Tasse Thee angeboten hätten.

Ich ging abermals unter den ruhigen Sternen nach Hause.

O, wie glücklich war ich! Kann ein so vollkommenes Glück, eine so unschuldige Freude lange dauern? Ich, der freundlose Wanderer und arme Vagabund, that diese Frage an mich, und wieder blieb ich auf dem einsamen Moorland stehen und entblößte mein Haupt, indem ich Gott dankte, daß er mir so herrliche Hoffnungen geschenkt.

Freilich aber müssen Georg Sheldon's dreitausend Pfund erst mein sein, ehe ich meiner Holden auch nur das bescheidenste Obdach bieten kann, und obschon es für mich Seligkeit sein würde, mit Charlotte an meiner Seite barfuß die Welt zu durchwandern, so ist doch der barfüßige Zustand der Dinge kaum die Aussicht, welche ein Mann dem Weibe, welches er liebt, bieten möchte.

Und somit muß ich die Jagd auf's Neue beginnen. Noch einen Tag will ich auf dieser wonnigen Insel Newhall Farm verleben und dann fort — fort — um das Trauungsprotokoll Charlottens Meynell aufzugattern, die Urenkelin Matthew's Haygarth, die,

wenn sie noch im Fleische wandelt, die rechtmäßige
Erbin der hunderttausend Pfund ist, welche gegen=
wärtig nahe daran sind, von dem gierigen Rachen der
Krone verschlungen zu werden!

Noch ein Tag, noch ein einziger wonnevoller Tag
in dem Land, wo stets Nachmittag ist, und dann fort
in dem Zwitterfuhrwerk nach Hibling und von da
nach Hull, von Hull nach York, von York nach Leeds
und dann nach Bradford und Huddersfield — toute
la boutique!

Der Regen schlägt an die runden Scheiben meines
Fensters, während ich schreibe. Der Tag ist hoff=
nungslos naß gewesen, und deshalb bin ich in meinem
Zimmer geblieben und habe mich mit dem Nieder=
schreiben des Vorstehenden beschäftigt. Wind und
Wetter würden wenig Macht haben, mich von meiner
Geliebten fern zu halten; wenn aber auch ein schöner
Tag gewesen wäre, so hätte ich mich doch nicht
wohl zu einem dritten Nachmittag in Newhall Farm
einfinden können. Morgen wird meine dann unmit=
telbar bevorstehende Abreise mir einen Vorwand geben,
nochmals vor meinem freundlichen Onkel und meiner
Tante zu erscheinen.

Es wird mein Abschiedsbesuch sein. Ich möchte
wissen, ob Charlotte mich diesen Nachmittag vermissen
wird. Ich möchte wissen, ob es ihr leid thut, wenn

ich ihr sage, daß ich im Begriff stehe, diese Gegend zu verlassen. Ach, werden wir uns je unter so glücklichen Auspicien wiedersehen? Werde ich jemals wieder so gutherzige Freunde oder ein so gastliches Haus finden, wie ich unter diesen nordischen Hügeln verlasse? —

Ende des dritten Bandes.

Druck von G. Pätz in Naumburg a/S.